KB233799

침묵의 노래

침묵의 노래

초판 1쇄 찍은 날 · 2012년 4월 25일 | 초판 1쇄 펴낸 날 · 2012년 4월 30일
지은이 · 김선영 | 펴낸이 · 김승태
등록번호 · 제2-1349호(1992. 3. 31) | 펴낸 곳 · 예영커뮤니케이션
주소 · (136-825) 서울시 성북구 성북1동 179-56 | 홈페이지 www.jeyoung.com
출판사업부 · T. (02)766-8931 F. (02)766-8934 e-mail: edit1@jeyoung.com
출판유통사업부 · T. (02)766-7912 F. (02)766-8934 e-mail: sales@jeyoung.com

ISBN 978-89-8350-795-2 (03810)

값 15,000원

침묵의 노래

치열하게 자신의 삶을 불사른 한 젊은 여성의 꿈과 고독의 흔적

김선영 지음
사진 김선영, 김승태, 김하영, 김선영의 친구들
그림 김선영

여성커뮤니케이션

김선영과 김하영은 태어나서 항상 동고동락했던 단짝 자매였다.

서문

참 이기적이다.
나쁘다.
이런 글을 쓰는 내가.

여기(사이월드 미니홈피)에다 이런 글을 쓰면
보는 사람이 반드시 존재한다는 것을 알면서
왜 이런 글을 쓰는 것일까?

그런 내가 밉다.
싫다.

그러면서도
계속 써 내려가는 내가 싫다.

20070506

달빛요정 추모 공연을 다녀 온 후로

그의 노래에 절어 살고 있다.

그의 에세이를 읽고 있어서일까

굉장히 감상적인 사람이 된 느낌이다.

오늘은 그간 나를 질려버리게 만들었던

골칫덩어리 일거리를 마무리 작업만 남기고 거의 다 끝낸,

최근 들어 몇 안 되는 기념비적이라 할 만한 날이다.

하지만 밤을 새서일까,

너무 피곤해서 잠으로 시간을 다 보내고

고대했던 다른 이와의 약속마저 파토내 버렸다.

뭔가 아쉽고, 서글프고, 참 그렇다.

내 인생이 이렇지 뭐.

남들보다 약간(?)은 더 고생하는 길이지만

이게 내 인생인 걸.

찾기 힘든 내 인생의 장점을

애써 발견하려 노력하면서 자위하고 있다.

그 짜증나고 고된 시간을 넘기고

나 혼자 맥주 한 캔으로 축배를 들었다.

누군들 이해할 수 있을까.

이런 상황이어서일까,

그의 노래가 더더욱 위안으로 다가 온다.

아, 결국엔 감상에 취한 뻘글이다.

내가 이렇지 뭐. ㅎㅎ

왠지 그의 음악과 어울릴 법한 가사를 쓸 수도 있을 것

같은 밤이다.

20110201

아빠의 서문

우리는 사랑하는 사람에 대해 얼마나 잘 알고 있을까? 내가 항상 새기는 말 중에 소크라테스의 말이 있다.

"나에 대해 내가 아는 것은 아무것도 모른다는 사실뿐이다."

사랑하는 큰 딸 선영이가 어느 날 갑자기 세상을 떠나버렸다. 선영이가 누군가에게 납치당해 실종된 것 같은 황당함과 쇠로 머리를 얻어맞은 듯한 상실감 때문에 지난 1년간 아무것도 할 수가 없었다.

그런데 나를 더욱 비참하게 만든 것은 그 아이를 24년이나 곁에 끼고 살았었는데도 그 아이에 대해 제대로 아는 것이 별로 없었다는 점이다. 늘 바쁘게만 살아왔지 정말 아버지와 딸로서의 더 깊은 교제를 나누지 못한 죄책감이 나를 짓눌렀다.

세상의 수많은 사람들이 날마다 죽어가는데도 자식

이 나보다 먼저 세상을 떠나리라고는 이제까지 한 번도 생각해 본 적이 없었다. 선영이의 죽음은 내 삶의 근본이 흔들었다.

선영이의 짧은 삶을 헛되게 하지 않기 위해 선영이에 대해 다시 배워야 할 필요를 느꼈다. 선영이에 대해 다시 알아야 선영이가 스스로 마무리하지 못한 삶을 아버지로서 매듭지어 줄 수 있을 것만 같았다. 선영이의 마지막 이야기는 12장의 "이제 울지 마" 부분과 부록의 첫 번째 글 "내 사랑하는 딸 선영이를 가슴에 묻다"에 자세히 실려 있다.

세상을 떠나기 불과 몇 달 전까지도 여러 차례에 걸쳐 남을 위해 헌혈을 해 주고 이미 여러 해 전에 장기 기증 서약까지 했던 선영이가 스스로 혈액을 만들어 내지 못하는 중증 재생불량성 빈혈에 걸리다니 어이가 없었다. 선영이가 헌혈을 할 때마다 자신의 몸에서 피를 빼내서 너무 기분이 좋다고 자랑하던 말이 귓가에 어른거린다.

선영이가 세상을 떠난 후, 선영이가 버디버디와 싸이월드 자신의 홈페이지에 올린 글들, 컴퓨터에 남긴 글들 등 내가 생각해낼 수 있는 모든 것들을 찾아냈다. 아마 내가 찾아내지 못한 것들도 많을 것이다.

사진은 선영이의 중학교 3학년 때부터 디지털로 촬영하기 시작했으니까 그 이전의 필름으로 찍은 사진들을 스캔하거나 필름을 디지털로 변환시키면 더 많이 찾아낼 수 있을 것이다. 자료를 정리하고 보관하는 습성은 부전자전이다. 또 내가 사진을 항상 찍어왔기 때문에 선영이도 자신의 삶을 기록으로 남기는 습성을 언제부터인지 가진 듯하다.

싸이월드의 선영이 홈페이지를 통해 선영이의 속마음을 읽으면서 강한 충격과 전율을 느꼈다. 먼저 고등학교 연극반에서 술담배가 통제되지 못하는 것을 보고 인격교육이 수반되지 않는 예능교육은 시킬 수 없다는 나의 단호한 결정에 대해 선영이는 자기가 사랑하는 연극을 못하게 된 근본 이유를 기독교신앙 때문으로 생각하고 신앙 자체를 거부했었다. 그러나 주일성수를 꼭 해야 한다는 나의 또 다른 단호함에 선영이는 분노하고 불만을 마음에 품었으나 매주 교회에는 출석을 했다. 선영이는 부모에 대한 차갑고 냉소적인 글들을 적었다. 나는 선영이가 마음이 열리기를 기도하며 기다렸다. 3년 후에 나와 함께 회사에 함께 출퇴근하고 일을 하면서 서로 마음의 벽이 허물어질 때까지 우리 사이에는 높은 장벽이 가로막혀 있었다.

고2 2학기를 마치면서 연극반을 그만 두고 분노와 좌절감에 빠져든 선영이에게 삶에 대해 사고를 전환할 수 있는 기회를 만들어 주기 위해 2005년 10월에 선영이를 데리고 프랑크푸르트 국제도서전에 참가한 후에 독일, 프랑스, 스위스, 오스트리아 여행을 했다. 이 여행을 통해 선영이는 독일과 유럽의 역사와 문화를 만났다. 독일 유학의 꿈을 품고 선영이는 남산 독일문화원에서 독일어 공부를 시작했고, 한신대학교 독어독문과에 입학하여 더 깊은 공부를 했다.

선영의 삶을 들추어낼수록 더욱 나를 아프게 한 것은 선영이의 처절한 절망과 어두운 면들이었다. 내가 소신을 갖고 경제적인 면을 다소 포기한 기독교출판을 해 온 것은 가정을 희생시켜왔기 때문에 가능했다. 아내도, 아이들도 이해하고 참아주는 것으로 믿었다. 그러나 선영이의 글을 읽으면서 그것이 그 아이를 비롯한 가족들의 사고와 삶과 꿈을 얼마나 짓누르고 절망하게 만들었는지를 깨달았을 때 이미 세상을 떠난 선영이에게 참회하거나 용서를 빌 수도 없는 잔인한 현실 앞에서 고개를 떨굴 수밖에 없었다. 선영이가 자유분방한 삶을 추구한 데에는 내가 조성한 갑갑한 삶으로 벗어나고픈 강렬한 욕구도 있었던 듯하다.

우리 모두 유한의 삶을 살고 있기 때문에 선영이의 죽음을 받아들여야 할 것 같다. 선영이와의 동행했던 삶은 마치 테마파크의 롤러코스터를 탔던 것처럼 두려움과 짜릿함이 함께했던 한 순간의 희열이었다. 그 아이와의 24년간의 동행을 통해 삶의 열정과 인생의 한계를 새삼 깨닫게 해 주신 하나님께 감사한다.

이 책을 내는 것은 아버지로서 내가 지금 선영이를 위해 할 수 있는 최선의 속죄와 사랑의 실천이다. 적어도 선영이의 존재의 의미를 탐구하고 세상에서 선영이가 우리처럼 생각하고 뜨겁게 살았다는 흔적을 역사적으로 남기고 다른 사람들과 공유하는 것이기 때문이다.

이 책은 단순히 짧은 인생을 살다 간 한 젊은 여성의 신변잡기로 끝나지 않는다. 뮤지컬과 영화에 대한 날카로운 비판과 사랑의 마음이 담겨 있고, 2007년 한신대학 입학과 함께 시작된 이명박 대통령의 취임과 촛불집회, 노무현 전 대통령의 자살, 용산 철거민 화재 참사, 특히 천안함 침몰로 친구 용상이를 잃으면서 느꼈던 역사의 목격자이자 한 시민으로서 적극적인 참여가 돋보인다.

책의 제목으로 사용한 "침묵의 노래"라는 말은 선영이의 이메일 닉네임이다. 2004년 8월 14일에 개설한 싸이월드의 선영이 미니홈페이지(www.cyworld.com/zoe_kim), 페이스북(http://www.facebook.com/#!/profile.php?id=100001352685443)에는 많은 글들이 오랫동안 올려져 있었지만 홈페이지를 방문하여 읽어보는 사람들은 많지 않다. 선영이의 글들은 자기만 볼 수 있도록 되어 있어서 방문자들은 읽을 수 없다. 이 읽기를 책으로 내는 것을 선영이 성격상 용인하지는 않을 것이다. 아마 모두 과거라는 침묵의 세계에 묻혀버리기를 바랄 것이다.

선영이는 침묵을 내세웠지만 풍부한 독서를 바탕한 그 내면의 사고와 그로부터 표출되는 삶은 어둡고 무겁고 때로는 경쾌하고 강렬했다. 마치 넓고 깊은 바다와도 같다. 어느 때는 찬란한 태양 아래 잔잔한 파도가 이는 평화로움에 거하다가 어느 때는 태풍 속의 강한 파도처럼 분노를 분출한다. 거대한 쓰나미가 한 도시를 삼키고 다음날 붉은 태양 아래 파도가 잔잔하고 고요한 모습을 보면 바다가 잔인하게까지 느껴진다. 그러나 인간은 바다가 주는 수많은 축복의 선물을 누리며 산다. 바다는 친근하다가도 어둠의 분노가 깊은 바닷속에서 공룡처럼 꿈틀거린다. 선영이의 침묵의 노래를 나는 그렇게 들었다.

이 책에 실린 글들은 선영이가 온몸으로 살아온 24년의 삶 중 마지막 4년, 즉 2007년 1월부터 2011년 4월 3일 스스로 글을 쓸 수 있었을 때까지 일기 형식으로 쓴 싸이월드와 2010년 7월 16일에 가입한 페이스북의 글을 정리한 것들이다. 그리고 병원에 입원한 뒤에는 문자 메시지 대화 중에 몇 개를 선영의 말년의

심리상태를 새기기 위해 포함시켰다. 선영이의 비밀일기는 프라이버시를 존중하는 차원에서 담지 않았다.

선영이는 먼훗날 글을 쓰고 싶어했었다. 지금까지 자신이 적어놓은 글들을 책으로 펴낼 생각은 추호도 하지 않았다. 그래서 더 솔직하다. 다만 아버지인 내가 몇 개의 주제로 엮었을 뿐이다. 글들을 주제별로 나누어 글을 쓴 일정 순서대로 수록하여 때로 시제가 왔다 갔다 하는 번거러움이 있다.

선영이는 2008년부터 3년간 나에게 편집디자인을 배워 내가 경영하는 예영커뮤니케이션에서 아르바이트를 하면서 30여 권의 편집디자인을 했다. 그것도 주로 급하거나 악보나 각주가 많아서 기본의 직원들이 진행하기 어려워하는 일들을 맡기곤 했다. 선영이를 독일로 유학을 보낼 생각을 한 나는 현지에서 아르바이트를 하며 어렵게 공부하기보다 편집기술을 가르쳐 스스로 학비와 용돈을 벌도록 하드 트레이닝을 시켰다. 선영이는 밤을 새워서라도 저자에게 한 나의 약속을 지키도록 도와주었다. 진정한 나의 참모였다.

선영이에게 일을 시키면서 곁에서 지켜보았더니 연극, 영화, 대중음악, 뮤지컬뿐만 아니라 미술 감각도 뛰어났다. 이 책에 쓰여진 삽화들은 선영이가 다이어리에 그렸던 것들과 공부하던 교과서에 낙서로 그려놓았던 것들을 찾아서 보정한 것이다.

이 책에 실린 글들은 주로 종이가 아닌 선영이의 홈페이지와 스마트폰에 담겨 있던 글들이기 때문에 애써서 수정하지 않았다. 요즘 아이들은 표준말을 알면서도 일부러 틀리게 적기도 한다. 그런 표현은 그대로 두었다. 또 선영이는 사람들 앞에서는 매너도 있고 정중한데 글속에서는 욕도 잘한다. 부모도 예외가 없다. 그것도 가감없이 그대로 수용하기로 했다. 아내는 너무 글들이 다듬어지지 않아 선영이에 대한 아름다움이 훼손되지 않겠는지 염려를 했다. 그러나 그것보다 가공되지 않은 선영이의 본모습을 그대로 전하고자 노력했다. 때로는 야생마처럼, 때로는 고삐 풀린 망아지처럼.

편집도 전문 편집자를 써서 세련되게 할 수도 있었다. 그러나 아내와 내가 직접 교정을 보고 내가 직접 편집 레이아웃을 하느라 다소 부족한 부분도 보인다. 우선 공식적인 일들이 많아 편집에 공을 들일 시간이 절대적으로 부족했다. 선영이가 살아 있을 때도 뒷전이었는데 선영이를 보내 놓고도 "바쁜 아빠는 나쁜 아빠"라는 말을 떼어내지 못하고 있다.

"ㅋㅋㅋ 선영아! 미안하다. 넌 짱인데 아빠는 아직도 바보다. 어쩌겠냐? 짱인 네가 불쌍한 아빠를 용서해 줘야지, 그치? ㅋㅋㅋ"

2012년 4월 30일
선영이를 가슴 깊이 사랑하는 가족들을 대표하여 아빠 김승태

차례

부록: 김선영을 사랑했던 이야기

제1장 아름다운, 너무나 아름다운

<u>신명</u> 2

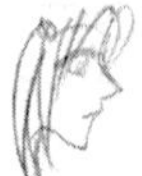

1. 영화에 출사, 노래에 악견, 댄스, ~~⬭⬭~~ ~~⬭⬭~~ 경찰 (ㄱ) 등
(제작쪽으로)   (가수도 묵고, 성악가 뮤지컬 등) 음악은 전다 ㅋ

→ 돈많이 벌고 놀고 먹는 직업
(위 그림 주석) 막하고 노래하냐 소방관
              ↓↓

2. 음악, 국어, 수학 (재만쪽은 빼고 생각하는 것)

3. 노래부르기, 동료하기, 영화보기 (후기 인터넷에 남기기) / 이러한 문제 어렵고
머리맞게 같이불편

4. 성질이 느긋하다, 화 잘참는다, 영화·책·음악 듣으면 주제에
feel에 꽃힌다, 남앞에서 묵든 하는게
딱적응됨 (어릴때부터
더 밝음, 노당 땜인지 ~)

5. 아라곤. 이유: 묶기기도 하지만 인간이면서도 자신을 끊임없이 유혹하는 반
지의 유혹을 물리치고 자신의 신념과 의지만 도전정신과 의리
가 참무려움
묘장: 이유는 여러도로 단벽.

6. 이웃에 아씨! 너무너무 눈꼬고 너무너무 착하고 너무너무 덤믐직한
아이! 만성애를 자극하는 아이다. 쪼 신앙심도 죄임.
어저로도 보받고 싶은 아이.

7. ⟨감독⟩ ~~⬭⬭~~ → 영화음악개속 ㅋ ▮특수 현장   무대

8. ~~⬤⬤~~ 평기&구, 서평, ~~⬭⬭⬭~~ 칸, 책들, 두꺼운
공책

9. 성각적이면서 인간의 내면●의 어둠과 현실을 꽉 잡아주는 ●소설

10. 지내의 달팽이, ~~▬▬▬▬~~ 나, Gollum's song (솔직히 가지지않음)
내용 Good ~~∟~~ 속여주는 노래 신비로운 용기기

→

11. "나 높은 노래좋아하니까 노래부르는 일로 사업을 하거나
  맘대로 하거라"

  "너 높은 공상하길 좋아하니까 로봇씨를 갖고있다 그 공상을 글
  로 옮겨보거라"

  (scribble)

12. 말린다... 솔직히 놔두고 싶다. 왜냐면 역시 싸우다 보면
  괜찮아 지게 마련이다.

13. 브로드웨이 간다, 헐리우드 간다

14. (비리), (재난현장 취재) ⟩ 튀고싶고 재미난 얘기.
    2010이전 사람들을 통일히 열게해서 명언 "ㅡㅁㅡㅇ

15. 국이나 음악   ←반에다 다른 명사들에 대해.

(Que)16. 마인밤지원장애 커뮤니티, 임파스 ← 전기간것 찾고
      (시비마인스목)   영화,음악 음반 저
                                      찾는다

(scribble)17. 1위 당이 2위 봄이 3위 (scribble) 동이
        통이만에 통아대입

18. 영화, 뮤지컬, 신가한것사고, 책사고, 받지외제반 소품사고,

19. (임장(정공)에서) 20억 이심으로, 축적해두었다가 10억정
    도후에 쓴다. 가능성있는 꿈으로가려면 락률이 ↑

20. 청소, 강오당하는 것, 재미없거나
      (떠자로 하는 공부)   흥미없는일
                            하는 것.

나를 소개합니다

음악을 사랑하고
연극과 영화와 뮤지컬을 좋아하고
독일어가 취미이고
책 읽기를 즐기고
우리 것을 아끼고
풍물,
범죄심리학,
공연기획과 스태프,
노래,
독일어,
소방관이 하고 싶은
김선영입니다.

고등학교 2학년 때 아빠를 따라 독일 프랑크푸르트 도서전시회에 갔었습니다. 아빠는 제가 세상을 바라보는 눈이 넓어지길 바라고 데려간 것이었습니다. 난생 처음 외국을 나가본 제게 그 경험은 매우 자극적이었습니다. 사람도 많이 사귀었고 문화적으로도 많은 관심을 가지게 되었습니다.

그리고 독일에 다녀온 후 남산에 있는 독일문화원에서 독일어를 배우기 시작했습니다. 영어와 비슷하면서도 독특한 독일의 언어는 충분히 제 학구열을 돋워 주었고, 책을 좋아하는 저는 장래에 대학에 간다면 독어독문과에 가기로 다짐했습니다. 그리고 고3이 되었고, 수능이 가까워 오자 평소 공부를 충분히 하지 않았기에 위기의식을 가지게 되어 독일문화원에 다니는 일은 잠시 뒤로 미루었습니다.

무엇보다 한신대학교를 선택하게 된 계기는 고2 때 가 본 독일의 여러 지방 중에 하이델베르크가 있었는데 그곳의 대학에 반했던 기억이 있어서 한신대학교가 하이델베르크대학과 해외자매결연을 맺었다는 것과 이 학교가 독일과 교류가 잘 되고 있다는 아빠의 말씀이었습니다. 아직 해외자매결연이 무엇을 의미하는지 정확히는 잘모르겠지만 독어독문과를 선택한 이상 입학해서 기대 이상의 성과를 거두고 싶습니다.

저는 스스로가 즐겁게 느끼는 일은 끝을 모릅니다. 이 점은 장점이 될 수도 단점이 될 수도 있습니다. 하지만 분명한 것은 전 독일어와 독일을 사랑합니다. 솔직히 말씀드려서 독일 책은 많이 읽어보지 못했습니다. 하지만 워낙 책을 좋아하기 때문에 이제부터 알아가도 문제 없을 거라고 생각합니다.

특별히 과외활동을 하는 것은 없습니다. 있다면 워낙 한국의 소리를 좋아해서 교회에서 배우는 풍물이 전부입니다.

이 한신대학교에 입학에 된다면 우선 학업에 충실하는 것이 제 우선순위이고, 개인적으로는 장래에 공연계열에서 일하면서 독일과의 문화교류를 담당하는 일을 하고 싶습니다. 독일에 우리나라의 정서를 품은 공연을 진출시키려면 무엇보다 그 나라의 문화와 정서에 대한 전반적인 지식, 그리고 독일어 능력이 필요하다고 생각합니다. 그 모든 것들을 한신대학교에서 배워나가고 싶습니다.

003 20070207

내 돈으로 첨으로 옷 샀다.

하아..

난 역시 힙합에서 벗어날 수 없나보다-_-

힙합바지 질러버렸어.-_-

004 20070212

이상형 생겼다.

"하얀 거탑"의 최도영 부교수

조니 뎁

으하하하하하하

男: 조니 뎁, 브래드 피트, 키아누 리브스, 박해일, 이
    안 멕켈런, 휴 잭맨

女: 케이트 블란쳇, 메릴 스트립, 안젤리나 졸리, 김
    혜수, 모니카 벨루치, 캐서린 제타존스

005 20070303 한신대 독어독문과 입학

새로운 공간에서

진실된 만남을 단 하나라도 가질 수 있기를.

006 20070407

나는 젊다

젊음은 되감기가 불가능하지.

그냥 끝날 때까지 재생만 되는 거야.

인생에서 가장 활기찬 때,

누리셈!

007 20070521

즐기는 내 모습이 싫다.

하지만 즐거운 걸?

오랫만에 교보에 갔다.

내가 사랑하는 책의 향기가 코를 찌른다.

흠.. 좋아.

수많은 책들의 유혹을 이겨내기가 얼마나 힘든지.

희한하게도 오늘은 일본 녀석들이 끌렸다.

평상시 즐겨보지 않는 아이들인데..

순간의 유희를 위해서일지라도

뭐 나는 감정에 충실하니까.

그 아이를 택했다.

오늘 내가 품에 안고 돌아온 아이들은

그토록 고대하던 『Woyzeck』,

창작 뮤지컬로 꽂혔던 막심 고리끼의 『밑바닥』,

뮤지컬 잡지 「The Musical」,

길고 긴 통학시간에 점점 휘어지는 내 척추를 위해 요

가책 한 권,

그리고 슬픈 괴기 공포소설 『새빨간 사랑』.

다른 때보다 적지만

그래도 뭐...

돈이 웬수다 ㅆㅂㅅㄱ

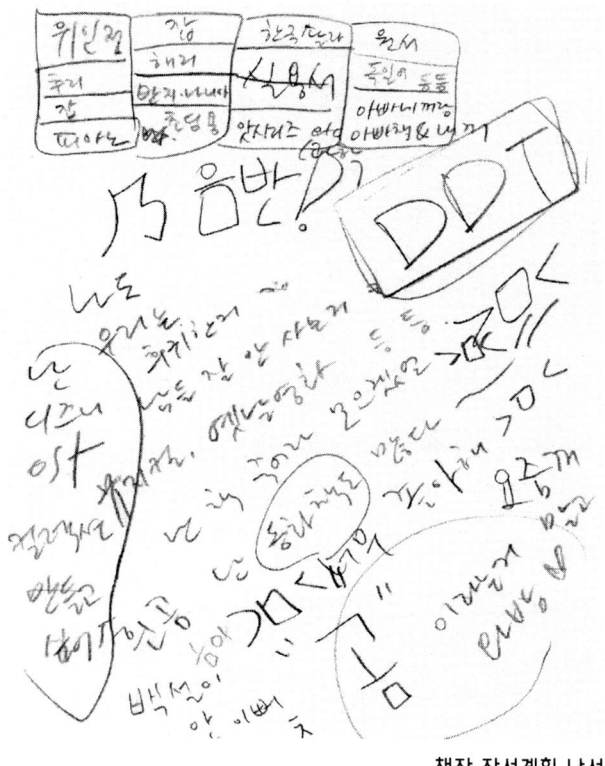

책장 장서계획 낙서

하늘이 파랗다.

파랗다 못해 초록색이다.

그 강한 초록빛에 내 시야에 잡히던 모든 사물들이 삼
켜진다.

남은 것은 미칠듯이 강한 초록색 세상.

어지럽다.

초록빛은 사라졌지만 여운은 길다.

사람을 광기에 젖게 하는 초록빛.

누가 편안해지는 색이라 했던가.

햇빛에 질식해 잠시나마 겪었던 초록빛 세상.

아름다웠다. 미치도록.

010 20070523

아~

오랫만에 유쾌했다. ㅋㅋㅋㅋ

나에게 웃음을 주는 사람들. ㅋㅋㅋㅋㅋ

나는 정말 조울인가 봐♡

(pissen / klein   小

(kacken / groß   大

011 20071210

조금은 격조 있게

012 20070714

책과 음악 속에 빠져 살 수만 있다면

013 20070724

상처 입은 조개만이 진주를 품는다.

새삼 내가 살고 있는 이 세상 만물이
신비스럽게 다가온다.
사람 사는 지혜가
자연의 순리에 담겨 있다니.
우연을 가장한 필연.

아직은 날라리 신자지만
갑자기 사람들이 왜 신을 찬양하는지 알 것 같다는 생
각이 들었다.

인생은 어떤 수식어를 붙여도 어울린다.
그만큼 종잡을 수 없는 것.

운명은 개척하는 것.

쓸데없는 자존심과 주변인의식 따위는 버려야 한다.

누구에게든
뭐라고든
나는 충고해 줄 수 있다.
하지만 정작 나 자신은 그 진리를 따를 수 없다.
아니, 따르지 않는다.

그것 참...

015 20071011

껍데기는 가라.

016 20080108

인정하는 것이야말로 미덕이다.

나도 모자르긴 매한가지지만

적어도 자신을 돌아볼 필요성은 느낀다.

017 20080108

자극이 필요하다.

느낌! 그래 그게 필요해!

018 20080115

난 좀 짱인듯.

019 20100824

난 내가 되게 무심한 사람이라고 생각했는데
그게 아니더라.

020 20101122

미친
"글리" 왜 그렇게 잼써?
나름 개막장 쩌는데 ㅋㅋㅋㅋㅋㅋㅋㅋㅋㅋㅋㅋㅋㅋ
코믹판타지 뮤지컬드라마 ㅋㅋㅋ

021 20080324

하고 싶어.
하고 싶어.
하고 싶어.

022 20071230

현실과 꿈의 경계가 사라지는 때,

그때가 오늘 함박눈과 함께 도래했다.

「월야환담 채월야」의 싸이키델릭을 맞은 듯

내 눈 앞에 서는 모든 것들은

잡을 수 있는 환상.

그와 동시에 정신과 육체의 분리화도 가속화된다.

아름다워. 지금 이 느낌, 아름답다.

뜬 눈으로 밤을 지새우는 것도

마약과도 같은 달콤함을 전해 준다.

그래, 정말 마약과도 같이...

이렇게 홀로 즐기는 밤의 만화경을 들여다보고 나서는

12시간을 넘는 기나긴 수면 시간 동안

꿈 속의 세계에서 새로운 인생을 산다.

내가 바라던 것이 현실이 되는.

야릇한 희열과 함께 비릿한 냄새와 진득한 고통이 따르는.

정말 내가 '바라는 것'이 현실이 되는.

만족스러워, 지금 이 시간.

만족스러워, 내일 이 시간.

필요한 것만 챙겨서 인생이라는 배를 가볍게 하라.

검소한 집,

소박한 즐거움,

'친구'란 이름이 어울리는 한두 명의 친구들,

사랑할 사람과 당신을 사랑하는 사람,

고양이, 개,

그리고 한두 개의 파이프,

충분한 먹을 것과 입을 것,

그리고 갈증은 위험한 것이니

약간 넘치는 마실 것이 있으면 된다.

제롬 K 제롬

024 20080303

크고 싶다.

더

더

더

크고 싶다

더 큰 사람이 될 수 있는 1년이 되길.

025 20090605

무언가를 가득 채우고 있다.

무언가에 대한 분노

무언가에 대한 절망

무언가에 대한 흥분

무언가에 대한 설레임

하고 싶은 일

- 독일 가기
- 세계 돌아다니기(여권 마지막 장까지 도장 찍기)
- 젤라또 먹어보기
- 크리스마스 테마숍이나 음식점, 카페 차리기
- 연출하기
- 뮤지컬 한 번 나와 보기
- 독일어 제대로 써먹기
- 스타 친구 사귀기
- 친구들이랑 여행하기
- 집 장만하기
- 책 많이 사고 보기
- 스태프 일 해보기
- 레저 스포츠
- 바이크 타기

- 뭐 하나 몸으로 잘하는 거 만들기
- 운전 잘하기
- 파티 가보기
- 풍물하기(공연)
- 외경(성경에 포함되지 않은 복음서-) 읽어보기

027 20101231 송구영신예배 기도제목

2011년 기도제목

1. 나랏일 하는 사람들, 국민의 종답게 행동하길, 자기 잇속 챙기지 않고 국민과 국익을 위해 일하기를
2. 장학금 꾸준히 탈 수 있기를
3. 아빠 회사 일좀 잘 풀리기를
4. 막내가 무엇이든 자기 흥미 있는 분야라도 찾을 수 있기를

028 20100204

Wishlist

* 안경테(뿔테, 지금 것보다 조금 큰)

* 선글라스(알이 진짜 까만!)

* 벙어리장갑(어그같은 장갑을 찾는 중인데 존내 없네)

* 아멜리섀도우들(꺅 두말할 것도 없음)

* 쉐딩용 블러셔든 팩트든 뭐든(쉐딩 없으면 나의 얼룩
  들은 ㅠ)

* 검은 배기바지(아 내가 찾는 거 존니 없어)

* 워커(워커 사랑합니다. 빈티지 뺄나면 더 굳)

* 운동화(흥 일본 가서 사올 거임)

* 뮤지컬 모차르트 독일어판 CD(으아아 한정으로 세
  종에서 파는 중, 근데 갈 일이 없어 ㅠㅠㅠㅠ 다 나
  갔을지도 몰라 ㅠㅠㅠ)

* 그 밖의 희귀 뮤지컬 CD(너무 많음. 국내에 없는 것
  이 태반)

* 티셔츠(좀 유니크한 걸 사랑함. 스터드는 워워. 블랙
  앤 화이트 사랑)

* 후드티(이번 겨울, 어찌 후드티 없이 날 수 있었지?)

* 마죠리카 마죠루카 마스카라(일본서 사올 거야!)

* 뱅글, 목걸이(일본서 맘에 드는 거 있음. 사와야지!)

* 종합건강검진(내 꿈이다. 이건 진짜 ㅋㅋㅋㅋㅋㅋㅋ
  ㅋㅋㅋ)

* TABAK(요놈들도 유니크한 놈들이 ㅋㅋㅋ)

* 소노비지갑(소노비 너무 탐나 ㅠㅠㅠㅠ)

* 가방(여성스러우면 쥐쥐. 크로스나 숄더백. 빅백.
  튼튼해야 함. 블랙이나 브라운. 가죽 좋고. 면은 때
  타고. 토트도 좋은데 꼭 끈이 있어야 함. 윽 아직 맘
  에 드는 거 발견 못함.)

* 무릎 밑까지 오는 수면양말(왜 다 짧은 거야!!!!!!!!)

* 라이더부츠(오예 2년 동안 허탕. ㅋㅋㅋ)

* 패딩조끼(음. 아직 맘에 드는 거 발견 못함. 자라에
  서 본 게 가장 나았다.)

* 속옷(아오.. 레이스랑 리본 존니 싫은데 -_- 없는
  건 또 맘에 안 들고 미쳐. 일본서 사와야지)

* 립스틱(요즘은 섀도에 더 미쳐 있지만, 립틱도 진리.)

* 라식 or 라섹(어쨌든 눈 뜨는 수술은 다. ㅠㅠ)
* 52kg의 체중(ㅋㅋ22년째 몸매 유지 중ㅋ 좀.. 빠져 보자. 대신 헌혈할 수 있도록 이 정도는 되어야 ㅋㅋㅋㅋ)
* 조르지오 아르마니 파운데이션(명성이 대단. 써보고 싶다 ㅋ)
* 화이트닝 제품들(진짜 효과 있는 녀석 찾기 너무 힘듬 ㅠ 다크 때문이야 ㅠㅠㅠㅠ)
* 일정한 피부톤(나의 원인불명 얼룩들아. 좀 사라져 주렴. 피부과 다시 가봐야겠음.)
* 세계 모든 나라에서 찍은 사진(오예 나의 꿈! ㅋ 현재 전 세계에 여행 금지 국가가 딱 네 곳 있는데, 그곳들도 포함해서 다 가보고 싶음. 뭐 내가 죽기 전에는 풀리겠지. 참고로 그 네 곳은 소말리아, 북한, 이라크, 아프가니스탄. ㅋㅋㅋㅋㅋ)
* 이탈리아 젤라또(나 아이스크림 귀신임)

희희희 심심할 때 써 보는 것도 재밌군 ㅋㅋㅋㅋ

029 20101209

연극 후기 쓰다가

제1막 때의 추억에 꽂힘.

아오

진짜 나란 사람

7기들아! 다들 잘 지내닝?

난 그 시절에 멈춰 있는데 ㅎㅎㅎㅎㅎ

너희는 잘 나아가고 있는 거야? ㅎ

내가 처음으로 소속감을 느꼈던 그 시절

가장 재밌었고 빡셌던 시간을 같이 보낸

연극부 사람들

선생님들

다다다다다 보고 싶다 ㅠㅠㅠ

모두 떠나고 ,,

텅빈 내 세상 ..

.. 바람이 불어온다 ,, 내가 툭친 한숨이다 ..

o o 나뭇잎 한장

　　　　실려오지도 않는다.

.. 이곳에 존재하는 생명체는

나 하나뿐 ,,

.. 칠흙같은 어둠속에

눈동자마저 빛을 잃고 말았다.

전신을 짓누르는 적막함을 깨고

느린 내 심장고동소리만

공간을 울린다.

.. 외로움. 죄책감 ,, 자괴감 ,,

그 외에도 수많은 감정들이

날 잠식해버리고,

집어 삼킬듯한 공포속에서도

발을 뗄 수가 없다.

... 언제까지 지속될까 ,,

.. 내 스스로 끊어 버려야 하는건가 ,,

.. 끝내 ,, 나는 ... .

제2장 꿈의 방랑자

030 20070710

요즘 꿈속에 빠져 지낸다.

모든 게 꿈.

꿈.

꿈.

꿈은 현실만큼 생생하고

현실은 꿈만큼 뿌옇다.

헷갈려.

꿈에서는

현실의 잔상이

다른 이야기로 포장되어 나타난다.

오늘의 꿈에선...

031 20070729

그냥 계속
자고 싶다.

아니
이게 꿈일지도 몰라.

그렇다면 깨고 싶다.

제길
꿈이든 현실이든 어떻게든 되어라.

032 20080201

바라는 것은 오로지 꿈일 뿐.

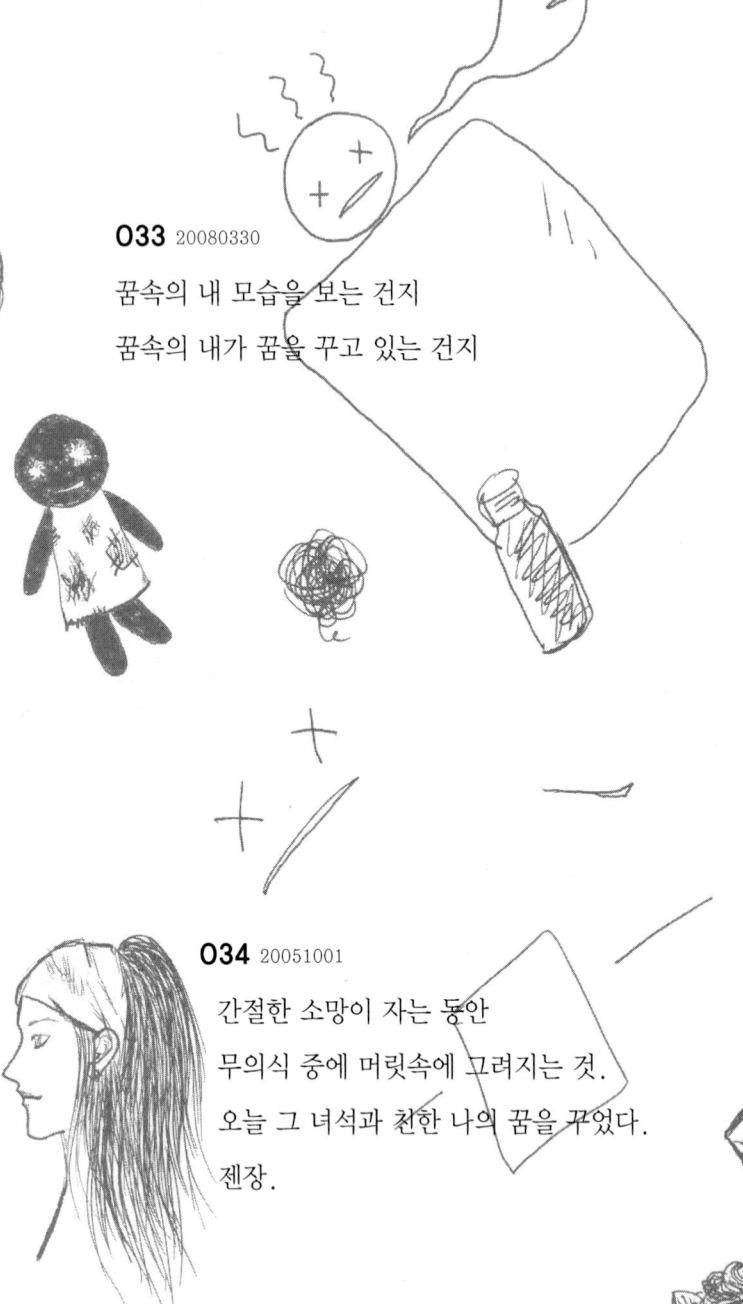

033 20080330

꿈속의 내 모습을 보는 건지

꿈속의 내가 꿈을 꾸고 있는 건지

034 20051001

간절한 소망이 자는 동안

무의식 중에 머릿속에 그려지는 것.

오늘 그 녀석과 친한 나의 꿈을 꾸었다.

젠장.

가장 오래된 꿈.

수영장에서 수영을 하고 있었다.

지하였다. 입구는 지하주차장 같았다.

불은 환했으나 창문이나 사람은 없었다.

우리뿐이었다.

친척과 가족들 모두 갔다.

친구들도 갔다.

나는 모두와 함께 놀지 않고

수영을 하고 있었다.

그런데 타일 한쪽에서 빨간

무언가가 흘러나오는 것을 봤다.

발견과 동시에 수영장 벽에 있는 모든 타일 틈새에서

피가 나와 주르륵 흘러내리기 시작했다.

수영장도 예외 없었다.

조명은 꺼질듯 음울해졌고

내가 몸을 담그고 있던

물 또한 피로 잠식되었다.

극한의 공포에 떨며 주위를 둘러보았지만 아무도 없었다.

그곳에 혼자 남겨진 채로 꿈은 끝났다.

또 꿈이야

그냥 회사에서 일하다가 잠시 졸았어.

나는 의사였어.

ER에 있었나봐.

아는 여자가 실려 왔어.

왜 실려 왔는지는 몰라.

그냥 엄청나게 고통스러워하고 있었고

꼭 발작을 하는 것처럼

눈은 수시로 돌아갔고

피거품을 물고 몸을 가만히 두질 못했지.

우리는 사진을 찍고(X-레이)

뱃속에 이물질이 있음을 알고

위 세척을 시작했어.

근데 엄청 큰 개구리 황소개구리가

뱃속에 있었어.

매우 두꺼운 호스였나 하여튼

배를 쨌었나

자세한 건 기억이 안 나지만

핏덩이 속의 큰 개구리의 흰 배는 생생하다.
도대체 그 개구리는 왜 거기 들어 있었을까.
그리고 다른 사람이 또 실려와서
이쪽은 다른 의사에게 맡기고 가보려는 찰나에
아빠가 깨워서 끝났어.

아주 큰 집이었어.

내 집이었지.

방의 수는 셀 수 없이 많았고

각 방마다 각각의 테마가 있었지.

같은 모양의 방은 한 군데도 없었어.

하지만 복도와 거실(아니 로비라고 해야 어울릴까)부터

시작해서 몇 군데 열어 본 방들은 죄다 엉망이었어.

어지럽혀져 있고 찢어지고 망가지고.

그리고 그 좁은 집 안에 내가 모르는 사람들

아니, 나 외에 다른 이들이 있다는 것을 인식한

그 순간부터 사람들은 잔뜩 들어찼지.

내 인연들, 가족들부터 시작해서

내 친구의 친구 뭐 이런 사람들까지.

얼굴 한 번 보기만 했을 뿐인

스쳐지나가기만 했을 뿐인 사람들까지도 말야.

모두에게 나가달라고 말했지만

아무도 내 말 따위 개의치 않았어.

그렇게 혼란스러움은 가중되다 꿈은 끝났어.

038

어디론가 여행을 갔다.

매우 멋진 숙소였다.

가족들도 있었고

나는 처음보지만 우리 일행들도 있었다.

크고 멋진 호텔이었다.

그런데 이상하게도 무엇 때문이었는지

나는 누명을 썼다.

다음 장면에서 나는 아주 길고 두꺼운,

세워진 통나무 꼭대기에 꽁꽁 묶여 있었다.

특이한 것은 팔과 다리를 쫙 벌리고

어딘가에 연결된 줄에 사지가 묶여 있었다.

마치 화형을 하는 것처럼

밑에는 나무들이 즐비했다.

그리고 끝났다.

039 20070825

무언가에

뜯어먹혔다.

왼쪽 옆구리 아랫쪽을.

피가 즐비했다.

허나 아프지 않았다.

치료를 해도 낫지 않았다.

꿈이어서 그랬을까

040 20080108

갑자기

몇 년 전에 내 꿈속에 멋대로 출몰한

그 남자의 얼굴이 떠오른다.

길에서 마주쳐도 알아볼 것처럼 생생한 얼굴.

도대체 누굴까

041 20080130

나쁜 아이가 있었다.

그 아이로 인해 상처받았던

내가 있었고 또 다른 아이 두 명이 있었다.

우리는 상처를 안고 자랐다.

그리고 그 나쁜 아이를 다시 만났다.

꿈속에서 우린 교복 차림이었다.

복수했다.

때리고 밀치고 짓밟았다.

우리를 막는 그 녀석들의 핏발 선 눈동자가 선명하게

기억난다.

소용없었다.

우리의 깊은 분노 앞에서는 아무 것도 소용없었다.

입 안이 터지고 기절하고.

결국 그 나쁜 아이의 머리채를 잡고 집어 던졌다.

벽에 빠른 속도로 부딪혔다.
두개골 깨지는 소리가 났다.
눈을 뜬 채로 그 아이는 죽었다.

기분이 좋지 않았다.
복수를 하면 좋아야 하는데.
두개골 깨지는 소리가 들린 그 순간
후회가 물밀듯이 들이닥쳤다.

"컷!"
"수고하셨습니다!"
다행이었다.
이 모든 건 영화 촬영이었다.
그런데 너무 생생했다.

우리들은 막 웃어대면서 촬영장을 떠났다.
난 그렇게 웃으며 농담을 하는 순간에도
두개골이 터졌던 아이를 보지 못했다.

끔찍했다.

멍했다.

하염없이 울었다.

죽었다.

현실이었다.

피가 난자했다.

나는 살았고 그분은 죽었다.

재난이었다.

언제인지는 기억이 잘 나지 않지만
확실한 것은 이 '주'에 꾼 꿈이라는 것.
별 거 없었다.
그냥 꿈속에서 가위에 눌렸다.
희한하게 꿈속에서 말이다.
감정은 그대로 전해졌다.
약간 두려운 것도 있었지만
대체적으로 나를 지배하고 있던 것은
흥분, 희열과 같은 색의 무언가.
두근두근하면서
'오오 손이 안 움직인다.'
'몸이 눌린다 우와!'
'이 다음엔 뭐지? +ㅁ+'
뭐 이런 느낌이랄까.
위험한 스포츠를 스릴 넘치게 즐길 때의 느낌.
뭐 이러다가 다음 꿈으로 넘어갔는지
잠에서 깼는지.
어쨌든 이 꿈은 여기서 끝났다.

3월 말. 시간이 뒤로 돌려졌다.

대략 그 날의 며칠 전으로 돌아갔다.

처음 며칠을 그냥 보냈다.

시간이 돌려졌다는 것을 자각하지 못한 것이다.

그리고 용상이를 만났다.

어디서, 왜, 어떻게 만났는지는 기억이 나지 않는다.

(하긴 이런 모든 게 정확하다면 꿈이겠는가)

하지만 무엇 때문인지 오래 만나지 못했다.

그래도 예쁘게 웃는 걸 보며

대화하기에는 충분한 시간이었다.

그리고 그 날이 다가왔다.

시간이 돌려졌음에도 한 번 본 것 외에

한 게 없어서 가슴이 찢어졌다.

할 수 있는 것도 없었다. 자괴감과 무력감에 휩싸였다.

그리고 끝.

착잡하지만 그래도 꿈에라도 나와 줘서 고맙다 여치나.

덕분에 낮잠치고 너무 오래 잤지만

희한하게 꿈 꿨음에도 개운하긴 하구나.

045 20100430

희한하게

17시간이나 잤다.

나는 노래방에서 스트레스를 푼다.

꿈속에서 난 노래방이었다.

혼자는 아니었는데,

누구와 있었는지는 정확히 기억나지 않는다.

시끌뻑적하고 분위기가 아주

붕 떠 있었다고나 할까.

아덜이 춤까지 추고 하여튼 난리도 아니었다.

화장실에 가려 했는지 어쨌는지

방을 나왔다가 무심코 돌아서서 방에 난 창문을 보는데

아이들 중 여치니(이용상)가 섞여 있었다. ㅎ

다른 아이들처럼 즐거워하고 있었다.

뭐

또 여기서 끝이다.

그래도 ㅎ 또 나와 주고.. 고맙다

앞으로도 종종 콜-

das.

Taschenbuch.

– meine
Erinnerung

Sun-young   Kim

제3장 자유를 찾아

캐리어 (자물쇠 + 튼튼한거) — 사야함   70~80리터정도
　　　└범퍼　+바퀴4개

들고다닐 가방　　　　　자전거 체인 .
페트병 안 물병　　　　　가이드 북 1
우산 (3단)　　　　　　국제학생증 카드 1
장롱　　　　　　　　　비닐봉지!
속옷 (5벌)　　　　　　국제학생증　만들어받기!
양말 (~~5벌~~계열레)
브라빠~　　　　　　　헤어드라이기1
휴대용 입고 갈것!　—
📷결쏘　　　　　　　(팁)
수첩
펜
주머니에 속 들어갈 지갑
여행자 보험 들것
유레일 패스
신용카드
여권　　　　　⊘ 130
신분증
샴푸, 린스, 로션
지도
옷은 최대한 줄일것
가방 속 비워서 가져갈것 130
OTG 60~80
디카
간단한 화장품 (아주적어갈것)
모자

046 ₂₀₀₇₀₄₁₇

아! 여러분

여행을 떠나고 싶군요.

같이 가실 분?

047 ₂₀₀₇₀₅₁₀

Money. I hate you, but I need you.

048 ₂₀₀₇₀₆₂₃

거기서 다 날려버리리라

바다가 나를 안아주겠지

그 넓은 가슴에

티끌만한 나 정도야

말없이 안아 줄 거야

얘들아 여행 가자!

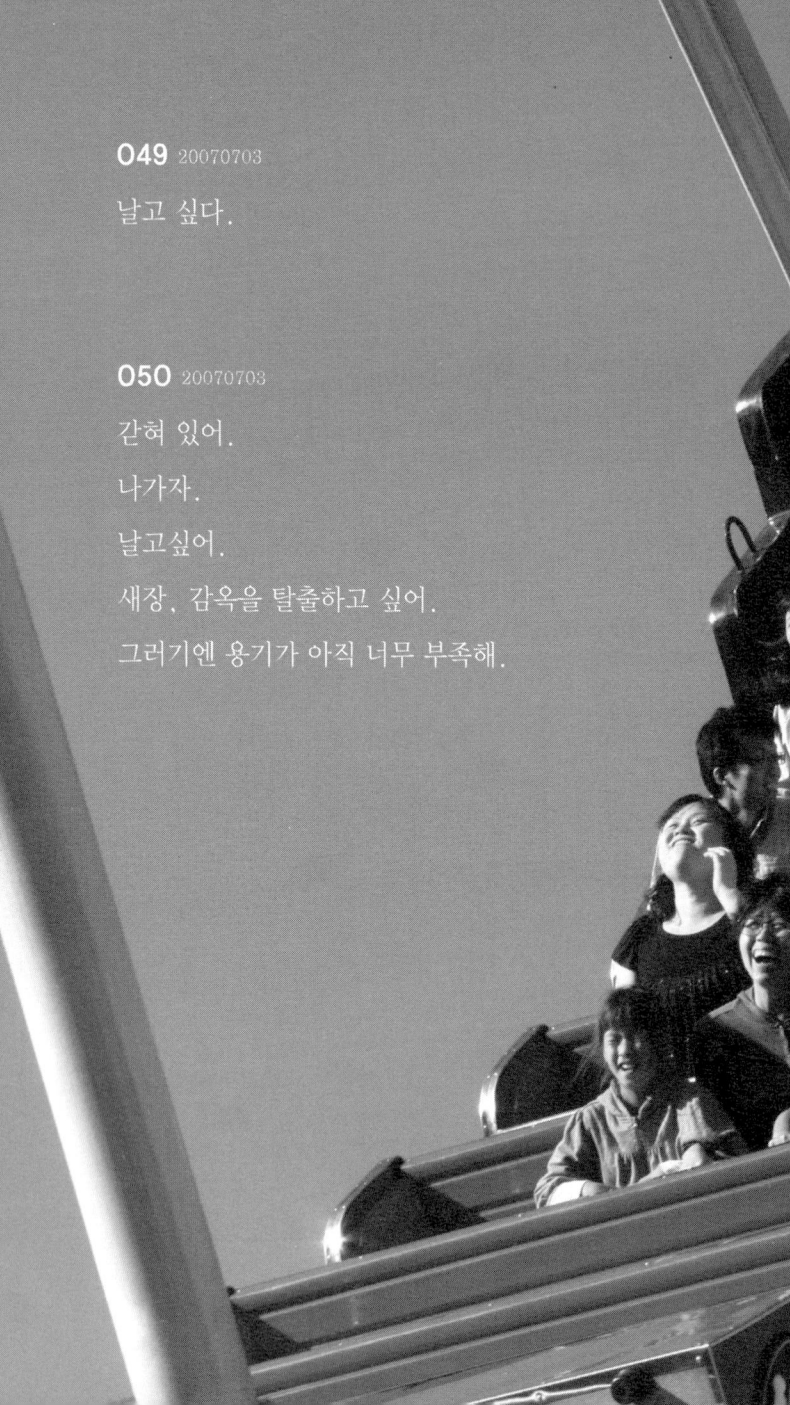

049 20070703

날고 싶다.

050 20070703

갇혀 있어.
나가자.
날고싶어.
새장, 감옥을 탈출하고 싶어.
그러기엔 용기가 아직 너무 부족해.

051 20070816

흠냐.....................................

거 말이다
뭐 없능겨
걍 사는 거다
이 몸뚱아리 살아있응께 말이제
근데 이 샹냔아
이왕에 살아 숨셔불라믄
디럽고 뿌앤 공기덜 말고
쩌어~ 위에 말여,
거시기 숨쉬는 인간 거즌 없어부러는
맑고 아주 그냥 뭐시여 청아한?
하여간 그딴 공기를 마셔부러야제
안 그냐?

그랑께 후딱 유학을 가불자고.
가서! 걍 옴팡지게 신지식 잡쉬버리고 오능겨
또 독일이 음향은 본좌라고 안 카냐
가서 제대로만 해 갖고 와 불면

여기서도 잘 할 수 있을 겨

안 그냐?

한국이 낫갔어

독일이 낫갔어?

안그랴도 조국이 헛배는 낫지 않갔냐고야

일단 말은 통하잖여

어쨌든

갔다 돌아오쟈고!

히밤

거시기 정보같은 거시나 좀 알아보덜 않허구 뭐하냐

052 20071012

온통 네모난 세상
동그라미가 그리워

053 20071017

나는 뜨는 해를 본 적이 없다.
그래서인지 아직은 지는 해가 더 좋다.

바람과 같이 살 거다.

어느 한 곳에 머무르지 않고

어느 누구에게도 구속되지 않고

바람처럼 살 거다.

바람을 타지 않겠다.

자아를 가진 바람이 될테다.

유럽여행 1차 루트

Frankfurt → Wuerzburg → Bamberg →

Nuernberg → Berlin →

(Praha → Cesky Kromlov →)

Wien → Salzburg → Hallstatt →

Rothenburg → Muenchen → Fuessen →

Vaduz →

Luzern → Interlaken →

Clomar → Strasbourg →

Luxembourg →

(Bruessel → Bruges → Antwerpen →

Amsterdam → Koeln)

→ Frankfurt(Heidelberg)

체코, 벨기에, 네덜란드를

넣을 것인가 말 것인가
심히 고민 중

확정은 총 6개국
독일, 스위스, 오스트리아, 프랑스, 리히텐슈타인,
룩셈부르크

체코, 벨기에, 네덜란드 3국은 보류 중...

056 20091118

유성우(流星雨)

별비가 내렸다.
아주 드문드문
그래도 예쁘다.

조금은 정화되었을까?

카메라에 담고 싶었지만
장비가 비루해서 담을 수가 없었다.
물론 너무 춥기도 했고.

8년만의 사자자리 유성우라고 했다.

뭐
별소나기라고 표현할 만큼의 유성우가 보고 싶지만

아쉬운 대로 이거라도..

어느 네티즌은

적도 부근에서

정말 꼬리가 긴 화구를 보았다고 했다.

캬

또 다시 여행의 욕구가 치밀어 오른다.

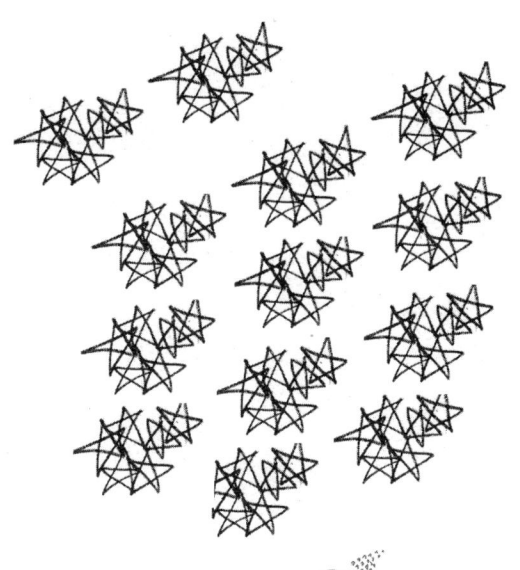

나의 의지와는 상관없이 시작한 여정.

이왕 이렇게 되어 버린 거,

기분 좋게 즐겨야 하는 게 맞는 건데 말이지.

그치?

058 20100220

일본은

혼자가도 참 좋군. ㅋㅋㅋㅋㅋㅋㅋㅋㅋㅋ

여행 다시 가고 싶다.

방랑만 하면서 살고 싶구나.

하지만 현실은 시궁창. ㅠ

059 20100906

이제 더 이상 그리워만 하지 말고!!!!!!!!!!!!!!!!!!

쵸큼씩
나 자신의 만족을 위해서라도
앞으로 나가자잉

일단은 첫 발.
첫 발을 떼면 다음 발은 쉬울 거야.

Deutschland

060 20101103 Facebook

아아아아아아아아아
트렌드 리서치 수업 들으니
독일 가고 싶어어어어어어어어어어

061 20110219

감옥 안에서는
감옥을 벗어나고자 하는 사람이 배척 받기 마련

독일 프라이부르크 생각난다 ㅋㅋ

환경, 에너지, 이런 얘기 나올 때마다

주구장창 나오던 프라이부르크 ㅋㅋㅋ

독일어권 나라는 세 군데 밖에 없어 ㅋ

독일, 오스트리아, 스위스 ㅋㅋ

요즘은 오스트리아에 관심이 더 간당 ㅋㅋ

b. **Machen Sie**

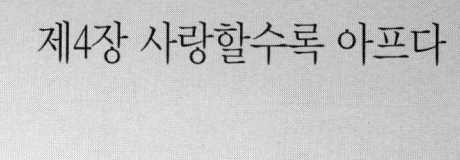

제4장 사랑할수록 아프다

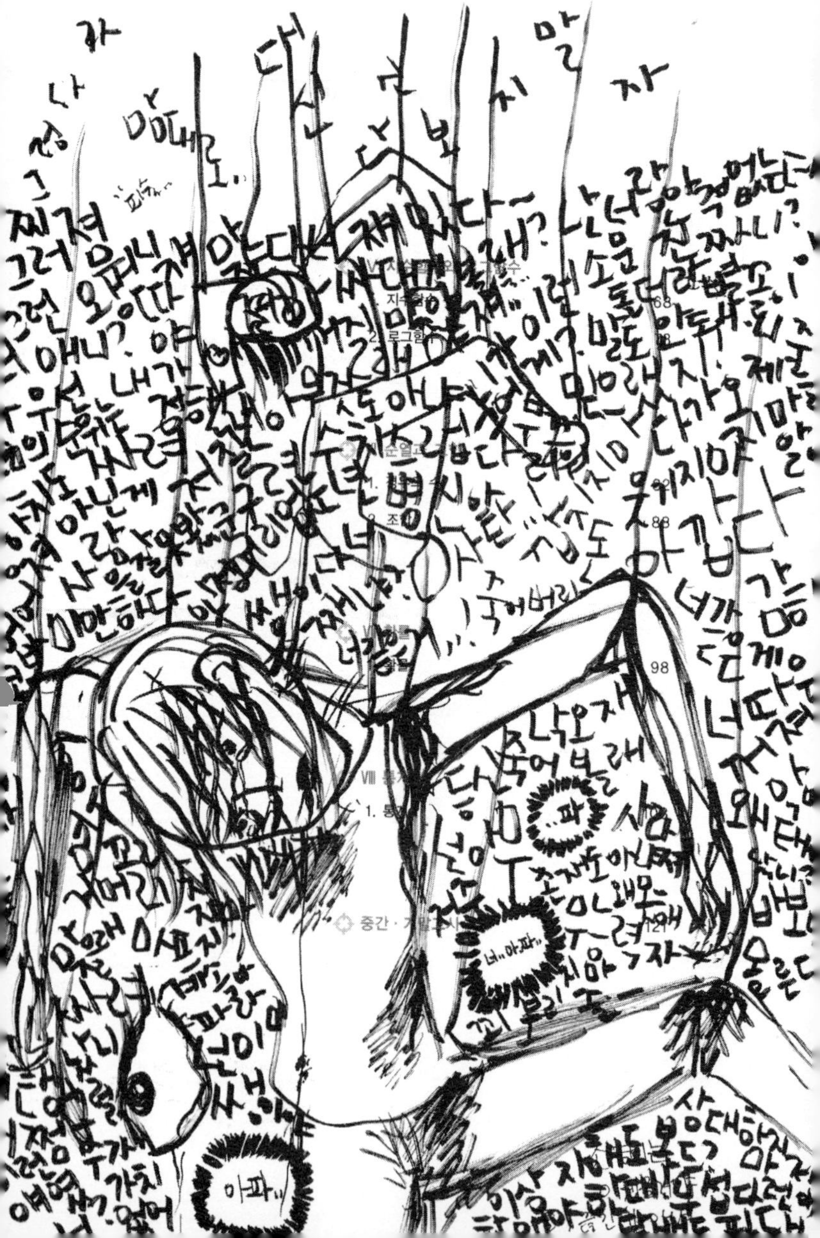

너..아파..
아파..

063 20070131

내게도 정말 돌이키고 싶지 않은 과거가 생겼다
정말 부끄럽고 치욕스러운 과거.

그때에 비하면 지금의 나는
마치... 뒤집힌 것 같다고나 할까.

참 바보같았다.
남의 동정을 바라다니.
부끄럽기 짝이 없다.
한심하다, 내 자신이.
이젠 그런 사람들을 보면,
지금 내가 그때의 나에게 느끼는 감정과 같은 감정이
솟구친다.

동정을 바라고 사실을 더 과장해서 표현하는 꼴이라
니.

어제도 그런 사람들 둘이나 봤다.
본인들이 고치려는 의지도 없이

한없이 스스로 초라해지고 움츠러드는 꼬라진데,
한심해 미치겠다.

나는 아직 이런 사람들을 포용할 만큼
넓은 아량을 가지고 있지 못한가 보다.

원래 긴장 하며구.

Sehr.... ㅠ^ㅠ

괜찮아.. 개순해서이 귀여워.

064 20070211

뭐 상관없다.
상관없다.
상관없잖아.
정말 상관없는 걸.

그래도 가슴 한 켠이 아리다.

065 20070211

뭐든, 무작정 혼나기보다는

설득되고 싶고,

납득받고 싶다.

지금까지 이런 주장을 수없이도 펼쳐왔건만..

왜 번번히 아무 소용이 없는 걸까...

여기서 하나 더,

담배를 피고 술을 마시는 건

잘못이라고 생각하지는 않는다.

단지 나쁜 버릇 정도.

에휴...

난 이래서 크리스천이 싫다.

색안경이 껴도 단단히 꼈나보다.

아직은 어른들을 이해할 수 없고

이해하고 싶지 않다.

이래서 나는 어린가보다...제길...

난 남이 내게 상처를 줘도
왜 이리 기분이 쉽게 풀리는 걸까?

그리고 내 자신에게 상처를 받으면
왜 이리 기분이 안 풀리는 걸까?

067 20070426

내가 걸어 온 길은
참으로 가증스럽고도 가여운 길이었지.

구차하다.
찌질하다.
부끄럽다.
내 자신에게 정말로 화가 난다.

하지만 잊지 않는다.
오히려 후비고 또 후벼 파서 깊이 새겨둔다.
다시는 그러지 아니하리라, 다짐하면서.
깊이 패인 흉터 만큼
다시는 그러지 아니하리라.

바라는 것은 그저 이것 뿐.
그대들만은 부디 따라오지 않기를.
치욕과 혐오 속에서 영원히 벗어날 수 없는 나 자신의
모습을
그대들의 안일한 눈 속에 똑똑히 새겨 두어라.

나의 얄팍한 생각에서
그나마 그대들에게 충고해 줄 수 있는 이것.

절대로 스스로를 비참하게 만들지 말아라.
타인의 사랑을 얻기 위해서,
동정이라도 사기 위해서
스스로 나락으로 떨어지려 노력하지 말아라.
이는 내 피와 눈물이 만들어 낸 깨달음이다.

그대,
조그마한 관심에 눈이 멀어 그것을 탐하지 말지어다.
끝내 영영 벗어날 수 없는 모욕과 죄책감에 발버둥치며
남은 인생을 죽지 못하고 살아가야 하는 형벌을 받기 전에,
내가 하지 못했던 그것, 브레이크를 밟으라.

그대가 가고 있는 곳은
친절하고 따듯한 사람들의 품 속이 아니라
인정사정 봐 주지 않는 그대 자신이 칼을 갈고 있는
어둠 뿐이니.

068 20070426

또 편지가 왔다.

내가 파멸시킨 또 다른 사람.

죄책감에 발버둥칠 것을 알면서도

그 사람이 나락에 빠질 것을 알면서도

나는 감행해야만 했다.

그 사람을 위해.

그리고 나를 위해.

나는 더 이상 그 상태를 유지할 수 없었다.

내가 줄 수 없는 미래인데

그 미래를 기대하게 만드는 것만 같아서.

그래서 감행해야만 했다.

그리고 수 개월이 지났다.

어느 정도 잊었을 거라 믿었다.

하지만 기대를 깨고

또다시 편지는 왔다.

약간 미안하다.

하지만 어쩔 수 없다.

나는 또 다시 감행해야만 한다.

서로를 위해서.

헛된 미래임을 깨닫고

그 사람이 느낄 배신감을 주기보다는

내가 죄책감 속에서 살아가는 것이 낫다.

틀린 생각일 수도 있다.

하지만 나는 그렇게 생각한다.

그게 옳다고 생각한다.

그 사람은 너무 착한 사람이니까,

그러니까.

나는 또 다시 감행한다.

요동치는 마음을 가리려 또 다시 얼음 가면을 쓴다.

다시 생각해도 정말 멋진 남자였다, 그는.

아직 내가 어려서 경험이 없어서일지도 모르지만

정말 멋진 남자였다.

기분 나빠도 그때 추억 생각하면 풀린다.

이야..

의외의 선물을 안겨주고 홀연히 떠났네.

그래도 뭐 상관없다.

나는 그가 그리운 것이 아니라

그와의 추억이 그리운 거니까.

그래서 그에게 감사한다.

고마워 님하

노래를 들을 때마다 만면에 미소를 띄게 해 주는

님과의 추억.

그런 추억 만들어 줘서 고마워 ㅋ

지금 우리 사이가 그때만큼 가깝진 않지만

어쨌든 고마워 좋은 추억 만들어 줘서.

님이 최고였어 ㅋㅋ

썩

기억하고 싶지 않은 일을

상기해버렸다

하지만 괜찮아

난 강하니까

이겨낼 거거든

그딴 것쯤이야

과거의 허물이야

하지만 잊진 않겠어

밟고 일어서겠어

더 이상 같은 일이 반복되진 않을 거야

이제 나는 날 조금은 사랑할 수 있을 것 같거든

그렇게 만들어 준 모든 사람들에게 감사해

하지만..

아직은 사람이 무섭구나

날 탓하진 말아줘

난 말해 줄 수 없을 테니까

나는 이겨낼 거야. 이런 기억
나는 강하니까.

하지만 오늘 느꼈어
난 요양이 좀 더 필요하다는 걸

그래도 후련하구나
한편으론 감사하기도 하고..

난 인복이 있나 봐, 그래도.
사람들에게 치여도
내 편이 되어줄 사람들이 있거든
그래서 감사해.

나 정말 많이 발전했지?
헤헷.
칭찬해 줘.

그래도 아프다.
아직은 마음이 얼음장이구나.

이제 좀 따뜻해지고 싶어

이게 사람의 본능인가.

당하고도 따뜻해지고 싶다니.

하지만

그런 마음이 들 때마다

나는

스스로를 달래고 타이르지.

그렇게 당하고도 정신 못차리나.

왜 모든 남자가 그럴 것만 같을까.

나는 아직 극복하려면 먼 것 같아.

제길.

아흐 골치 아프구나.

K군.

너는 어찌 그리 아무렇지도 않지?

속상해.

속상해. 속상해. 나만 피해자 된 기분이야.

하지만 그 녀석도 가해자지만 나도 가해자.

그 사실을 영원히 잊지 않겠어.

나도 나쁜 년이야.

나도 나를 사랑하고 싶구나.

될까.

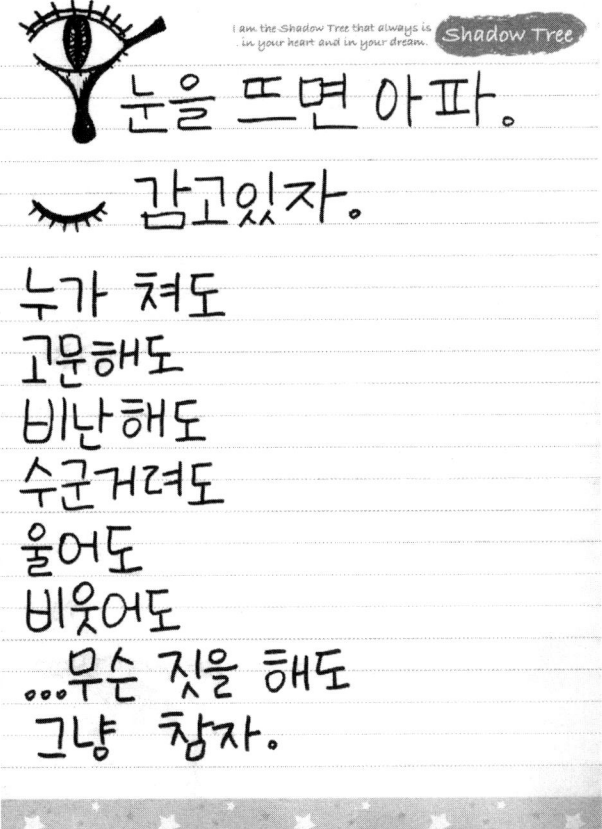

I am the Shadow Tree that always is
in your heart and in your dream. Shadow Tree

눈을 뜨면 아파.

감고있자.

누가 쳐도
고문해도
비난해도
수군거려도
울어도
비웃어도
...무슨 짓을 해도
그냥 참자.

겁쟁이.

겁쟁이.

겁쟁이.

나를 짓누르는 사랑과 평화와 행복에 겨워서

모든 것에 무감각해진 채 살아간다는 사실을 잊어버렸다.

그래서 스스로에게 '살아 있다'는 자각을 일깨우기 위해

겪어보지 못했던 '고통'이라는 새로운 개념을 도입했다.

나는 나를 해했다.

육체적으로

정신적으로.

그랬던 내가

이제는 이까짓 감정을 두려워하고 무서워하는 건가?

고통이란 마약에 잠식되어 있는 동안

나는 '사랑'을 잊어버렸다.

072 20070617

사랑은 독.

나를 키우는 것은 나를 향한 비난,

증오,

질투,

시기심.

오직 그런 것.

073 20070617

관대 관대 관대

나한테 관대하지 말란 말이다

074 200706170144

내가 밉지 않냐

미워해 증오해

내가 편할 수 있게

인간은 나의 휴식처이자 피난처가 될 수 없다.
인간은..

그래
말 없는 넷 상의 빈 공간아
말 없는 종이들아
말 없는 펜들아
내 위로가 되어다오.

나는 사랑 없이 살 수 없는 인간이다.
끊임 없이 갈구하고 욕망하지.
나는 고통 없이 살 수 없는 인간이다.
끊임 없이 갈구하고 욕망하지.

나는 호의적인 태도에 상처받는 인간이다.
끊임 없이 거부하고 도망치지.
나는 적대적인 태도에 상처받는 인간이다.
끊임 없이 거부하고 도망치지.

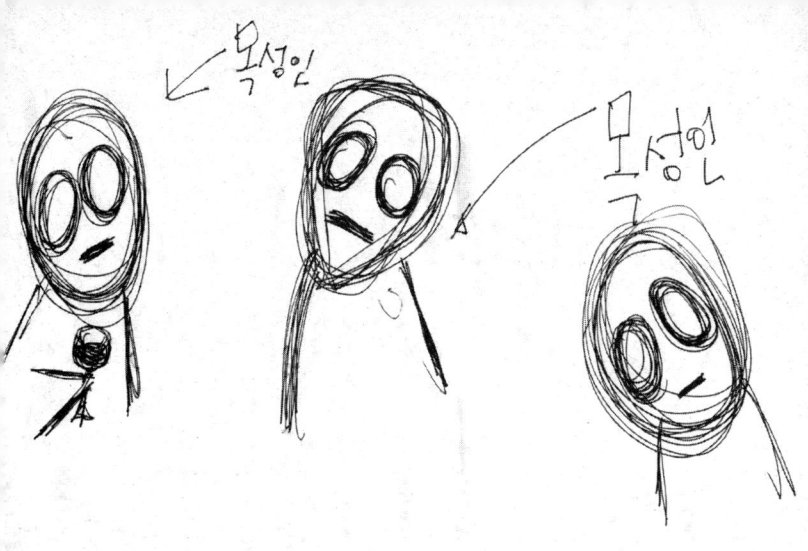

나는
어떤 인간인가.

아무도 이런 나를 품을 수 없었다.
혈연이든
인연이든
아무도.
심지어 나조차 나를 품지 못하는데.

기대는 이미 버린지 오래.

하지만, 쓰린 마음은 쉬이 가시지 않는다.
듣자하니, 인격장애는 스스로 인식이
가능하다고 했다.
뇌기능의 문제라 약물치료를 해야 한다고 했는데.
증상이 같더군.

하지만 그 '같다'는 느낌 역시 믿을 수 없다.
사람은, 무엇을 읽으면
그 내용이 어떻든 자기 자신을 대입해 합리화시키는
가히 쓸데 없는 능력을 가지고 있기에.
단지
지금 내 스스로 짊어진 짐의 무게가 너무 커
그 원인을
뇌기능의 문제 탓으로 돌리고 싶은
나약한 내 모습을 다시 한 번 발견했을 뿐이다.

그래.
난 미쳤지만 미치지 않았다.

076 20070618

대인관계..

나에겐 너무 어렵다.

077 20070624

이기적이다.

내가 싫어하는 인간들의 유형 안에서

너무나 선명히 보이는 내 모습

아 진짜 ㅋㅋㅋㅋ

오묘하다.

078

요즘 왜 자꾸만

혼자

혼자

혼자

혼자같지?

나는 혼자가 아니라고 머리는 말하는데

가슴은

혼자

혼자

혼자

079 20070703

막 그립다.

그립다.

그것들이

예전의 나의 친구였던

얼마 전까지만 해도 나의 친구였다는 사실이 쪽팔렸던

하지만

지금은 그립다.

재들
이상해

둘다병신   아 진짜
                드러웡

그래

악마같은 밤.

바로 이런 것이겠지.

너의 밤

나의 밤

그의 밤

그녀의 밤

모두의 밤

다 다른 거야.

무엇이 더 어둡고

무엇이 더 밝다

그런 말 할 수 있는 자격이 있는 이는

이 세상 그 어디에도 없어.

이 사실을 알고 있는 자들이

아니

이 사실을 알고
느낀 바대로 행동하는 자들이
과연 세상에 몇이나 있을까.

자만이 아냐,
나는 단지,
내가 살면서 겪어 온 사람들을 바탕으로
이 의문을 제기하고 있을 뿐이야.

세상 사람들이 모두 그들과 같지는 않지만
어쨌든
나의 세상 안에서는
그들이
살아 숨쉬는 생명체의 전부였으니까.

나를 비난하지 마.
나를 질책하지 마.

081 20071004

24시간 집 안에서 한 발짝도 나가지 않았다.

괜히 심술이 났어.
돈만 있었으면 나가서 뭐라도 했을 텐데.
비만 안 왔으면 그냥 무작정 걸어보기도 했을 텐데.

집 안에서 계속 마주치는 사람들하고 마찰만 나고.

짜증나.
아무도 날 가만히 내버려 두질 않아.

언제쯤 난 독립할 수 있을까.

082 20071112

공동체 주의의 기본은
상대방 존중, 배려

083 20071112

나는

우리 집에서는 숨을 쉴 수가 없다.

저들은 이해하지 못하겠지.

하지만 저들의 말 한 마디 몸짓 하나가 목을 죈다.

그들의 몸짓으로 밀려난 공기들이 나를 옥죄는 듯하다.

그들은 마치 독버섯과도 같다.

아름답게 치장된 이면에 숨은 독기.

아마 그들은 그들이 무슨 말을 하고 있는지도 모르는 것
같다.

나만 홀로.

도움을 청하려, 구원을 청하려

닳고 닳은 핸드폰을 만지작거려도

막상 떠오르는 이 없다.

중한 이들이 없어서가 아닌,

아무리 중한 이라도 도움을 줄 수 없다는 것을 알기에.

결국엔 나만 이 상황을 바꿔나갈 수 있는 것이다.

긍적적으로든, 그 반대든.

그때 이후 정면으로 맞서는 것은 두려워졌다.

왜인지.

가끔 그때의 무모함이 그립다.

지금의 나는 너무나 위축되어 있기에.

혹시 이적의 책,『지문 사냥꾼』을 아는가?

그 책에서의 '제불찰' 씨를 아는가?

쿡쿡 마치 그 모양이 된 것만 같다.

역시 나는

19년 동안 그래왔듯

그저 참는 것밖에 할 줄 모른다.

그저 참는 것..

참는 것이 이기는 것이라 하지 마라.

참는 것은 그저

비겁한 자들이 패하는 것이 두려워 선택하는 방법일 뿐.

참는 것이 이기는 것이라는 말은

그런 그들이 자기 합리화를 시키기 위해 하는 말일 뿐.

나는 비겁자다.

그래도 때를 노리는 비겁자다.

언젠가는 내가 위에 서는 그때가 올 것이니.

역겨운 가족애, 정, 그런 것 운운하지 않고

적어도 나 자신의 시간 만큼은

내 방식대로

시계 바늘을 돌릴 터이니.

그들은 그렇게 살으라지.

내가 간섭할 것은 아니니까.

내겐 이런 것이 당연한 것이지만

그들은 아닐 수도 있지.

나는 받은 것만 준다.

나는 준 것만 받는다.

더도 없고, 덜도 없다.

당연한 것과 당연하지 않은 것.

부탁과 강요.

"해 주세요"와 "해".

쉬이 지나칠 수 있는 것에도 나는 집착한다.

이런 것들을 모두 '가족'이라는 일언지하에

깡그리 무시해버리는

현재 내가 속한 이곳.

기필코 벗어나리라.

084

내가 그들을 이해하려 하는 만큼

그들은 나를 이해하려 노력해 줄 수 없는 건가?

내가 바라는 것은 단지 그것 뿐이었는데.

왜 나는 크리스천이어야만 하고

왜 나는 그들에게 베풀어야만 하고

왜 나는 그들에게 순종해야만 하고

왜 나는 그들에게 내 의견을 얘기하면 혼나야 하는거지?

그들이 내게 베풀어서라구?

그렇담, 해 주지 마.

차라리 그게 나아.

최소한의, 그들이 내게 질 책임만 져 주면 돼.

불공평해.

어른이면 다인가?

가족이면 다인가?

말도 안 돼.

우린 '남'이야, 남.
하나가 아니라구.

희생만한
예수님은
정말
행복했
을까요?
그건
신이라는
설정하에
가능하답
니다
인간은 안깐
신처럼
될수
없다구
요

085 20080117

가까이 오지 마

내 얼굴을 일그러뜨리는 인간들이 있다.

꺼져, 추잡해, 역겨워.
가리려면 제대로 가리지, 친구?
너의 선한 글, 선한 미소, 선한 말 뒤의
잔뜩 찌그러진 표정이라도 어떻게 해 봐.

그런 꼬라지로 내게 말 걸지 마.

086

20081120

내 사람들에게

난 언제나
여기에 있습니다.
이것을 기억하세요.

난 분명
내 사람들만을 위해
언제나 이곳에 있습니다.

087 20081129

내 그늘은
언제나 너의 그늘을 덮는다.
덕분에 너의 그늘은
내 그늘에 가려 보이지 않지.

썩어빠졌지만
이게 진리.

이 진리에 굴복하지 않는 게
바로 사랑이야.

내가 추구하는 사랑은

우정, 의리라는 말로 더 익숙한 사랑.

내가 하는 사랑은 그것.

이성과의 '사랑', 그딴 건 개나 줘버려.

나랑 미친듯 놀자 —
밤이 새도록 놀자 —

089 20081204

우린 모두 같은 생각을 하고 있어.

서로가 '혼자'라고 생각하고 있지.

그저 기다리고만 있어.

다들 알고 있잖아.

근데 왜 서로에게 다가가지 않고

우리 왜 이 지랄 떨고들 있니 응?

밤을 사랑하는 인간.
붉은 것에 유독 끌리는 인간.
어둠으로 몸을 휘감고 사는 인간.
암흑에서 평화를 찾는 인간.
세상이 잠들고 나서야 움직이는 인간.

거참, 뱀피어가 따로 없군.

흠...
한 가지 다른 점은...
헌혈이 취미라는 거? ㅎㅎㅎㅎㅎㅎㅎㅎㅎㅎ

아오 달빛이 사람 정신줄 끊어 놓는다는 말이
진짠가 봐.

091 20090320

간만에 돌아보았다.
내가 외면하려던 과거들과 관련이 있는 사람들까지.

외면하고픈 과거와 관련된 사람들마저
피하고 싶은 게 사람의 심리.
밤도 깊었고 일하기도 귀찮은데,
한 번 직면해 보고 싶었다.

역시 손발이 오그라든다.
부끄럽다.
화끈화끈, 달아오른다.

그런데 어쩔 수 없다.
과건데. 난데.
이 길로 오지 않았더라면
지금 난 여기 서 있지 않겠지.
그렇다면 내가 사랑하는 것들과
만나지도 못했을 것이고.
결국, 필요에 의한 것이었나.

일촌을 뒤지고 돌아다니면서 새로운 것들을 발견했다.

끊겨 있는 일촌.

흠.

기분이 애매하긴 했지만

뭐, 나도 그 상대방에게 관심이 없었으니

이제야 발견한 거겠지.

사람은 역사다.

마인드맵처럼, 그 사람을 떠올리면

관련된 과거의 편린들이 아련히 떠오른다.

내게 일촌 파도타기는 그런 행위의 일환이랄까.

'명단'이 없으면 잊어버릴 과거들.

그 과거들의 축소판.

뭐 그렇다.

이제 해 뜰 시간도 머지 않았는데

헛소리 그만 하고 자야겠다.

092 20090320

참 알짜배기 인맥.
좋구나 좋아~

친구 하나만 있어도 그 사람은
성공한 인생을 산 거랬지?

난!
하나, 둘, 셋, 넷, 다섯, 여섯!
성공했으 ㅋㅋㅋㅋㅋㅋㅋㅋ

다른 인간 수만을 줘도 안 바꿀 인맥들.
촤식들. 자~ 이리와~ 뽀뽀!

093 20090514

이상하게
그립지 않다.
당신이 그립지 않다는 것이 아니라
그냥..
'사람' 자체가 그닥 그립지는 않다.

모두들
서로를 그리워하는데.

뭐 그래도
난 만족한다.

자기 자신이 변하는 건 생각지도 않고

주변 사람들이 변하고 있다고

변했다고

외롭다고 울부짖는

가엾은 인간들

ㅉㅉㅉ

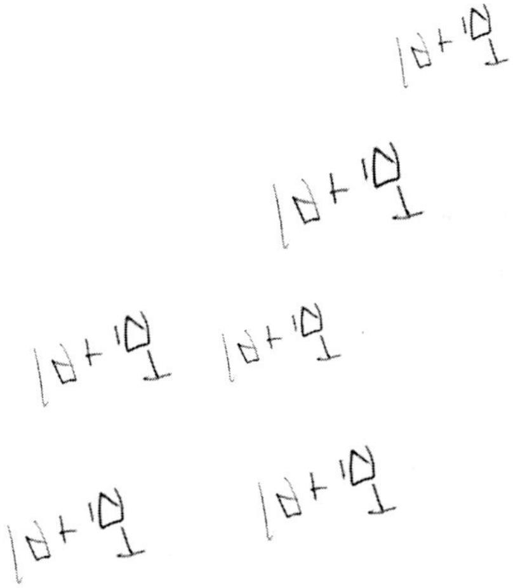

095 20100415

그렇게 어렵네

믿어야 되는데

…믿는다는 게 이렇게 어렵고 힘든 건지 몰랐다.

결국 갔구나.

너무 이르다고 생각하지 않냐?

왜 지원을 해서 그래 이 자슥아..

사람은 태어난 순간부터 죽음을 향해 달린다고 하지..

넌 조금 더, 먼저 간 거라고 생각하마.

근데 너무 이르잖아. 그리고 이런 식으로 가냐..

망할.

정부는 신뢰를 잃었어. 신도 없나봐.

도대체 먼저 가야 하는 이유가 뭔데?

얼마나 춥고 아프고 무섭고.. 그랬냐 이노무자슥아

상상도 안 된다.

결국

해 지는 것만 봤겠네.

어둠. 물. 이딴 거 준내 지겨웠을 텐데.

아주아주 밝은 태양을 다시 볼 수 있었으면 했는데.

오늘 날씨도 좋았는데.

야!
어쨌든 진짜 수고했고, 고생했고,
이전에나 이후에나 내 여친은 너 뿐이다. 자슥.

Ich lieb' dich, meine Freundin 용상.

천안함 피격 침몰로 나라를 위해
목숨을 바친 친구 용상이와 함께

097 20100416

아팠지?

어두운 데서... 무서웠지?

어떡하냐... 왜 이런 식으로 갈 수밖에 없었던 거냐..

21일..

시간이 갈수록 빛이 약해지는 게 느껴져서

정말 니가 돌아 올 거라 믿는 게 힘들었어.

이곳저곳에 글이라도 쓰지 않으면

정말 버틸 수 없을 것 같았어.

알잖아, 나 지독하게 냉철하고 현실적인 인간이라는 거.

너무 긴 시간이었어.

학교 한 번 빠져 보지 않은 내가

결석도 하고 몸도 안 좋아지고

니가 나한테 이렇게 커다란 존재였는지 미처 몰랐어.

난 원래 커다란 슬픔 앞에 마주하는 것을 가장 두려워해.

항상 감정을 억누르려고 하는 사람이고...

(알잖아 ㅋㅋ 내가 고등학교 때 이런 문제로 얼마나 방

황했는지.

그때 니가 폰으로 힘내라고 노래 불러 준 거 아직 내 이전 폰에 있다. ㅋ)

그런데 난생 처음 겪는 친구의 마지막..

너무 혼란스럽다.

시간이 야속해.

너의 시간은 멈췄는데, 나의 시간은 속절없이 흘러가는구나.

슬퍼할 틈도 없이..

침몰한 날

니 이름 보고 완전 패닉이었어.

그런데 시간이라는 게...

그런 상황조차 익숙하게끔 하더구나.

난 그게 너무 싫었어.

이 상황에 점차 적응해 가는 내가 완전 싫었어.

그래서 오늘도 덤덤할 줄 알았어.

그런데 완전.. 가슴이 내려앉더라.

니 이름이랑 사진이 같이 TV에 뜨는데, ㅎㅎ...

왜 이렇게 아프냐.

미치겠다.

너랑 할 얘기도 많고, 하고 싶은 것도 많은데

이게 뭐냐...

이런 식은 아니잖아. 이건 너무 억울하잖아.

신은 없어.

나라도 없어.

아무것도 없어.

특히 이 나라... 너희들을 가지고

정치적으로 이용했다는 느낌을 지울 수가 없어.

절대로 용서하지 않을 거야.

그냥.. 이 나라에 태어난 게 죄가 아닐까 하는

생각도 들어.

정확히는 이 나라에 가진 것 없고

별 볼일 없는 서민으로 태어난 게 죄가 아닐까 해.

ㅎㅎ... 참.. 별 소리를 다 한다.

술도 안 마셨는데..

그냥 난

내가 싸이 닫고 폰으로 연락하는 것조차

소홀해 했던 것 자체도 후회가 된다.

너랑... 보다 연락을 자주 하지 않은 것도 후회가 되고

그냥 있잖아.

니가 너무 보고 싶다.

볼 수 없다고 하니까

더 보고 싶다.

어떤 모습이든 상관 없으니까 다시 웃는 거 보고 싶다.

너무 보고 싶다 친구야........

오늘.. 용상이를 보냈다.

여치니가 도와줬는지, 잠 많은 내가

2시간만 자고 제 때에 딱 일어났다.

그래서 2함대에 도착하니.. 의무대로 오란다.

입관을 했다..

마지막 모습을 볼 거라고 생각 못 했었는데

봤다.

뭔가 올라왔다.

그냥, 일어날 것 같았다.

분칠한 얼굴을 보니까, 예전에 용상이가 증명사진 찍고

얼굴 하얗게 나와서 맘에 든다고 했던 말이 생각났다.

화장이 너무 진해서... 이질적이었다.

웃는 얼굴이 참 보고 싶은데..

그리고 종교의식.. 그리고 화장..을 하러 갔다.

충남 홍성 추모공원이었다.

리무진에서 내려서 화장로로 가는데..

참....

앞에서 사진찍는 기자가 정말 짜증이 나더군..

에휴..화장로로 들어가는데..차마 볼 수가 없었다.

그래서 안 봤다.

겉보기에 의연하셨던 아버님도.. 오열하셨다.

그게 너무 슬펐다.

어머님은 곧 쓰러지실 것 같았다.

용상이 보내고... 어머님이 오열하시면서

이제 진짜 끝이잖아.. 만져보지도 못하고..

어떡해 우리 아들 용상이...

이러시는데...

눈물을 주체할 수가 없었다.

난생 처음 손수건이라는 것을 써 봤다.

그리고 용상이가 화장되는 동안

밥을...먹었다.

아이러니했다.

누군... 영영 가는데

누군... 살려고 밥을 먹는다....

110분이 지나고 용상이는...작은 단지 안에 든 채로
우리 품으로 돌아왔다.

사람이 저렇게.. 갓 태어날 때보다도 작은 모습으로
마지막을..

왜 4천만 국민들 중에 하필 저 녀석이 포함된 건지..

난 아직도 저 녀석 목소리가 귀에 울리는데.

그렇게 평택으로 돌아왔고 얼마 안 있다가

수원 방으로 왔다.

목요일... 안 가면 평생 후회할 것 같다.

이용상 병장(22)

평소 "푸른 바다가 좋다"고 자주 말했다. 스킨스쿠버 자격증이 있었고, 주변에서 '바다의 사나이'라고 불렸다. 경기 고양시에서 태어나 숭실대 경영정보학과를 휴학하고 2008년 4월 입대했다. 그해 6월 천안함에 배치받았다. 갑판병으로 항상 궂은 일을 마다하지 않아 지난해 7월에는 함장상을 받았다. 전우들이 작업 중 다치지 않도록 안전에 신경 썼다. 다음 달 1일 전역을 앞두고 말년 휴가 때 천안함 동기 병장들과 제주도에 놀러 갈 계획을 세우고 있었다.

099 20100425

난 아직 너를 보낼 수 없어

.........에휴

오늘 너 보내는 거였는데

보내긴 보낸 거였는데

정말... 미안하지만... 난 아직 못 보냈다.

이 바다가 진짜... 니가 삶을 바칠 만큼

가치가 있는 거냐.

네 미소는... 햇빛을 가득 머금은 바다보다

찬란하단 말야.

그나저나 토요일에 맞을 약이 좀 걱정된다 ㅜㅜ

싸이톡산..

그거 많이 독하대 ㅋㅋㅋ

하필 그날이 용상이 기일이잖아 ㅋ

아 추모식 참석은 커녕

그 자식 생일 다음날 입원하는 바람에

현충원에 보러 가지도 못했는데

그게 제일 속상하다 ㅜㅜㅜㅜ

몸 나아져서 정상 생활 가능해지면

용상이한테 먼저 갈라구 ㅎㅎ

ㅜㅜㅜㅜ 어머님이랑 아버님도 나 면회 오신다던데 ㅜㅜ

그래서 겨울방학 때라도 미리 못 갔다 온 게 맘에 걸린

다 ㅜ

벌써 천안함이 1년이라니....

참 파란만장한 연초였지.

으어어 그때 생각만 하면 ㅜ

나라가 생존시간, 환풍구, 수밀격벽 등 이것저것 주절

대면서 우릴 기만한 거 생각하면 아직도 빡쳐.

게다가 친구라는 건 어찌 알았는지 각종 방송사에서 인
터뷰해 달라고 속 쑤셔대고 ㅜ
시신 발견되기 전까지 살아 있을지도 모른다는 생각 때
문에 걔 주변 애들하고 부모님들하고 장난 아니었어.
수업시간에도 계속 소리 끄고 ytn 틀어 놓고
인터넷 뉴스도 수시로 확인하고
진짜 뉴스만 본 거 같다 종일 ㅋㅋㅋ
나중에 생각하니까 시신이라도 발견한 게 어딘가 싶더라.
못 발견한 사람들도 있는뎀...
장례 들어가기 전에 시신 부패 문제 때문에
먼저 입관하고 화장했거든
냉동고가 없었는지 냉장고에 시신 보관했대.

그때 처음 평택에 갔었는데...
입관 보니까 미치겠더라 ㅎ
너무 멀쩡해서 ㅋ 볼 부분만 살짝 부패했고
몸이 살짝 불은 것 빼면 진짜 멀쩡해 ㅎ
상처 하나 없어
얼굴에 가부키 화장 같이 한 거랑
입이랑 코를 막은 솜이 좀 부자연스러웠지만...

아 완전 생생해 진짜

아버님 말씀으로는 손목시계도 멀쩡했다 하시더라.

그래선지 그냥 ㅜㅜ 어뢰라는 게 믿기지가 않았어 ㅜㅜ

지금은 수긍하고 있지만...

화장할 때는 의연하던 아버님마저 무너지시는데

진짜 ㅜㅜㅜㅜ 차마 볼 수가 없더라구.

영결식 때도 가고

대전 현충원에 묻으러도 갔었는데

진짜 ㅎㅎ 뭐하고 있는 건가 싶더라.

유해 위에 흙 뿌리는 건

진짜 못하겠어서 뒤로 빠져 있었어 ㅜ

그 후엔 현충일 전에 친구랑 다녀 왔는데

ㅎㅎ할 수 있는 게 꽃 두고 오는 거랑

묘비 닦아 주고 주변 정돈해 주는 거밖에 없더라구.

술잔이나 하나 얹어 놓고 마시면서 얘기하고 싶어도

사람이 너무 많고 ㅎㅎ

대전이다 보니까 가기도 쉽지 않고..

제대하고 술이나 한 잔 하기로 했는데 ㅎㅎ

제대 한 달 앞두고 가 버렸으니..

원래대로면 갸 휴가 나왔어야 될 날짠데

날이 안 좋아서 휴가 나가는 배가 못 떴대 ㅎ

타이밍도 참.. 운명이라는 게 있나 ㅜ

망할늠이 스킨스쿠버 자격증 따서

해군 갈 거라고 자랑했을 때는 이런 일 생길 줄도 몰랐
네.

으어

1주기라고 완전 감상에 젖은 거 같다.

ㅋㅋㅋㅋ에잇 그래도 잊으면 안 되니까 ㅋ

쓰고 나니까 완전 파란만장했다 ㅎ

101 20100502

착각하지 마

발목을 잡힌 것이 아니라
내가 그것을 뿌리치지 않고 있는 거야.

102 20100507

너희가 내 눈앞에 보이지 않더라도
어딘가에서 숨 쉬고 있다는 사실이
내게 얼마나 위로가 되는지 아니?

103 20100515

ㅎㅎㅎㅎ

애쓸 필요 없어-
내가 다 안쓰럽다.

굳이 신경 쓰는 것처럼 보이려 노력할 거 없다고.
그냥 평소대로 해-

진심이 담기지 않은 말 정도는
듣는 사람도 충분히 구분할 수 있다고.

Änger!!

104 20100926

나는 말하지만
너는 말하지 않는 그곳
무엇이든 이야기할 수 있지만
되려 쓸쓸해지는 그곳

가고 싶은데
조금은 머뭇거려지는 그곳

105 20101019

음
역시

잊어버려야 하는 게 맞는 거겠지?
ㅎㅎㅎㅎㅎㅎㅎ 아놔 슈바 ㅋㅋㅋㅋㅋ

"야잇씨, 벌써 교회 두 팀 (면회) 왔다 갔다 −_−"

"누가 왔냐? 밥 먹었냐?

교회에서 아빠가 인기가 좋아서 ㅎㅎㅎ

엄마도 그런가봐."

"몰라. 배철우 아저씨 부부랑

얼굴 아는데 이름 모르는부부.

밥은 좀 이따 나옴 −_−

스포츠선교팀이 제일 매너남들이어씀.

ㅋ 난 조용히 살 거야!

레알 내 심정을 말하자면 정말 낫길 바라면

면역력 약한 사람한테

문병 올 땐 안 들어오는 게 정상이지 −_− "

"누구지?

아빠가 눈도장 받을 만한 권력가도 아니고 ㅋㅋㅋ

내가 힘이 쫌 있나?"

"아오 몰라 −_−

근데 믿는 사람 입장도 이해가 가긴 해. "

"낯선 사람들이 갑자기 많이 찾아오니까 부담스럽지?

교회분들의 진심을 알아야 해.

아빠도 너에게 순간마다 최선을 다하려고 하는데 ㅋㅋ
ㅋ"

"어쨌든 낯선 어른들이 계속 찾아와서

나를 놓고 심각하게 기도하는 것이 부담스러울 뿐.

자꾸 눈물이 나와.

근데 우리 담임목사님은 인정 ㅋㅋㅋㅋㅋㅋㅋㅋㅋㅋ

ㅋㅋㅋㅋㅋㅋㅋ

담임목사님은 진짜 그리스도인 같아 ㅋㅋㅋㅋㅋㅋㅋ"

"ㅋㅋ"

"알아요 ㅜ 아빠도 참되 보여.

내가 최전방에서 몇 년간 봤으니까.

엄마도 아빠보단 모르겠지만

병원에서 좀 진심인 거 같다고 느꼈음.

난 새로운 사람 만나는 거 싫어하잖아."

"ㅋㅋ"

"알써요 ㅋㅋㅋ

강요만 하지 말아주셈.

자꾸 똑같은 얘기하는 것도 듣는 것도 짜증나 ㅜㅜ

〈웃어라 동해야〉에서

안나 제임스거리는 것도 짜증나는데 ㅋㅋㅋ

나 이제 기도 레퍼토리 외워씀.

하나님도 대인배는 대인배다.

맨날 똑같은 얘기 듣고

난 미칠듯 ㅋㅋㄴㄴㄴㄴㄴ

'그리고 한 가지 말할 거는 ㅋㅋㅋㅋㅋㄴㄴ

나 심리검사했을 때

사람을 진짜 도가 지나치게 안 믿는다고 나왔어 ㅋㅋㅋ

ㄴㄴ병적으로 ㅋㅋㅋㅋㅋ

왜 그런지는 나도 모름 ㅋㅋㅋ

그러타구여.

그거 영향도 있을 거여.

검사해 주는 님도 의아해 했음 ㅋㅋㅋㅋ"

"네 마음 아빠는 이해해.

맘 편히 가져. 알간?"

"ㅋㅋㅋㅋ몰라

결과적으로 내 문제였네ㅋㅋㅋㄴㅋ

근데 사람 못 믿는 건

당장 바뀌는 건 아니니까

좀 조심만 해 줘 ㅋㅋ

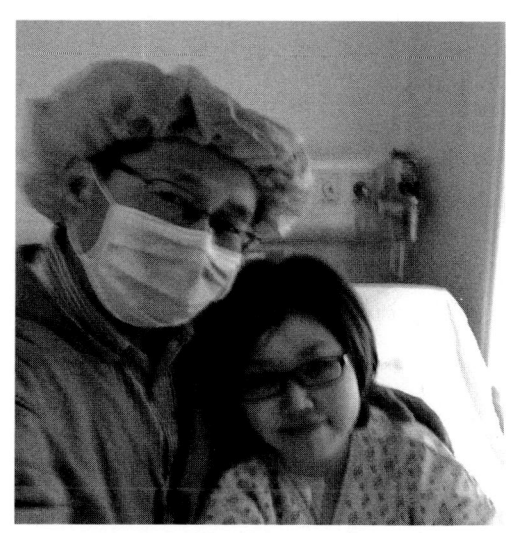

그리고 남들이 자꾸 심각하게 굴고 하면

진심 나도 심각해야 될 거 같구.

무슨 나 구경하러 온 것 같아서 좀 그래ㅋㅋㅋ

이해하면 뭐 됐음."

"그래 맞아.

네 심정 100% 이해해.

아빠는 항상 네 편이다.

그것은 꼭 기억해라."

'영준! 힘드냐!'

'＿＿'

'힘들구만ㅋㅋ 진통제 맞으면 좀 나을 텐딩.

넌 사람들 계속 오는 거. 아무렇지도 않아?ㅋㅋㅋ'

'ㅇ＿ㅇ'

'아오 ㅋㅋㅋ 문자 좀 성의 있게 보내.

이러니까 내가 니한테 문자를 잘 안 하지!!

뭔 말을 이어 나갈 수가 없어.'

'난 잣음. 나도 아퍼.'

'ㅋㅋㅋ잤냥. 내일 아침 퇴원이라매 ㅋ

아직도 진통제 맞아?'

	best.
urt *eine* Wohnung.	
einen Kaffee.	
Kaffee schmeckt sehr gut hier!	✓
lie Leute dort?	✓
das Konzert von Pur?	✓
eine Frage.	
ein Haus in München.	
die Lampe hier?	✓
Hauptstadt von Deutschland?	✓
ast du *einen* Kuli für mich?	
Auto von Peter?	✓

omen – Nominativ, Akkusativ oder Dativ? Ergänzen

출판 협회 모임에 가면
다른 사장님들도 '출판사하며
요즘이 축기 약 좋다'고 하십니다

저희 아빠는 출판일을 하십니다. 익히 아시다시피 요즘은 모두가
경제적으로 어렵습니다. 엎어 풀방하거든 어쩐든 세상이라지요. 이런
상황에 안위 살아가는데 '꼭' 필요한 것이 아닌 책을
만드는 일을 업으로 삼고 있는 저희 아빠의 심정은
사는 게 사는 것 같지가 않다 하십니다. 저희 가족이 총
4명인데 생활비를 한달에 백만으로 정도 반는 줄 때
를 하다하니까요. 그래서 일손을 조금이라도 덜고자 지난 2번
유학 기간동안 아버지 출판사 일을 도왔습니다. 아빠 옆에서,
나름 회정방이라는 곳에서 사업 동향을 지켜 보니 앞담하기 이른 데
가 없었습니다. 저정들로 부터 너고. 부도 난 사정들로 인해 손해
보는 일도 잦았고, 종이 값을 대지 못해서 인쇄소에서 인쇄 거부를
당하고,,,, 아빠가 사장이라는 건 결코 좋은 게 아니더라고요. 들어
오는 돈은 우선적으로 회사 운영과 직원들 봉급으로 주고 남는 것을
집에 생활비로 가져 온 것이었습니다. 그래서 이번에 복학을 하면서
학비만이라도 제가 대겠다고 했습니다. 목돈이 없어서 약까끔 대출을
받았지만 그건 제가 갚겠다고 말이죠. 그래서 지금도 아빠 회사
일을 도우면서 아르바이트 수준으로 수당을 받고 있습니다.
생각보다 너무 힘듭니다. 제 목표는 장영급을 타는 건데, 아르바이트
와 학업을 병행하기가 쉽지 않습니다. 하지만도 지금 제게는 큰 도움이다
부디 제 짐을 조금이나마 덜 수 있는 기회를 주십시오.

제5장 깨달음의 기쁨

Ssun's 강의 시간표

요일 교시	월	화	수	목	금
1교시 (9:30-10:20)			대중문화와 매스컴 채희상 18311 (60주년)	인간과 역사 이용기 18519 (60주년)	
2교시 (10:30-11:20)	독일어 회화 실습 I 아민 코오츠 8110 (어학관)				
3교시 (11:30-12:20)					
점심시간(12:20-13:00)					
4교시 (13:00-13:50)	독일 명작 감상 국중광 3501 (만우관)	↑ 아민 코오츠 ↓	시의 세계와 독일 가곡 곽기완 3501 (만우관)	독일어 작문 천현순 3407 (만우관)	
5교시 (14:00-14:50)					
6교시 (15:00-15:50)					
7교시 (16:00-16:50)		공연 예술과 현장 실습 장윤일 3412 (만우관)	채플		
8교시 (17:00-17:50)					
9교시 (18:00-18:50)					

108 20070515

과제..

이제 끝냈어..

아 감당 못할 대학 생활

지금 머리 아파 죽어버릴 거 같애.

ㅅㅂ.

고3 때 대갈이의 홈피를 보면서

'왜 감당 못할 대학생활이라는 거지?'

요랬었는데.

알 것 같다.

대갈아, 니 심정을.

아아아아아 쉬고 싶어.

내 머리 내 머리

109 20070529

인생이 냄비 근성이야 냄비 근성.

뭔 일기를 아까 썼다가도
할 말이 또 생기고 또 생기고..

확 불타올랐다가
확 식어버리고.

아 한심한 인생이로구나.

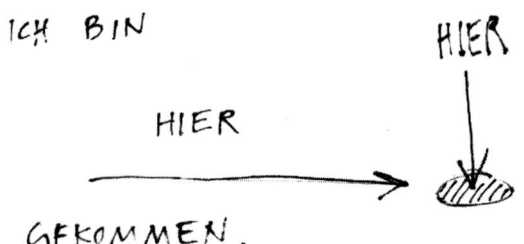

110 20070913

즐기자.

지금 이 시간을

지금 이 고통을

피하기만 하면 평생 따라 다닐 것들.

그냥 부딪쳐 버리자.

잡 고민은 지우고, 그냥 부딪치자.

111 20070916

보다 전문적이고

보다 무거워지고

보다 진해진

Werther...

112 20071231

아까 갑자기

내 속에서

뭔가가

...쿵!

하고 떨어졌다.

113 20080126

펌프질하자

넓혀.

넓혀.!

114 20080126

왜

계속 나를 자극하는 감정의 정체를 알았다.

'열등감'

도대체 난 무엇에 대한 열등감에 사로잡혀 있는가.

115 20090511

많은 것을 볼 수 있게 되었다.

그래

진실로 인한 혼돈은 대 환영이다.

ㅋㅋㅋㅋㅋㅋㅋㅋㅋㅋㅋㅋㅋㅋㅋㅋㅋㅋㅋㅋㅋㅋㅋㅋㅋㅋ

ㅋㅋㅋㅋㅋㅋㅋㅋㅋㅋㅋㅋㅋㅋㅋㅋㅋㅋㅋㅋㅋㅋㅋㅋㅋㅋ

ㅋㅋㅋㅋㅋㅋㅋㅋㅋㅋㅋㅋㅋㅋㅋㅋㅋㅋㅋㅋㅋㅋㅋㅋㅋㅋ

ㅋㅋㅋㅋㅋㅋㅋㅋㅋㅋㅋㅋㅋㅋ

음

나는 아무래도

심리학과나

사회학과.....

아니아니 어떤 학문이든

'인간'이란 존재에 관한 연구를 하는

그런 학문을 배웠어야 했나봐 ㅋㅋㅋㅋㅋㅋ

아 그렇다고 해서

독일어가 싫다는 것은 아니고 ㅋㅋㅋㅋㅋㅋㅋㅋㅋㅋ

ㅋㅋㅋㅋㅋㅋㅋㅋㅋㅋㅋㅋㅋㅋㅋㅋㅋㅋㅋㅋㅋㅋㅋ

ㅋㅋㅋㅋㅋㅋㅋㅋㅋㅋㅋㅋㅋㅋㅋㅋㅋㅋㅋㅋㅋㅋㅋ

ㅋㅋㅋㅋㅋㅋㅋㅋ

117 200908122226

정의는 법을 이길 수가 없다.

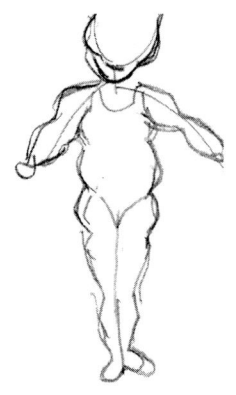

ㄷ ㄷㄷ

대략
자화상

118 20090916

소중한 것들

자유

만족

즐거움

개념

진리

호기심

진보

용기를 내어 생각하는 대로 살지 않으면
머지않아 사는 대로 생각하게 된다.

Il faut vivre comme on pense,
sans quoi l'on finira par penser comme on a
vecu.

One must live the way one thinks,
or end up thinking the way one has lived.

— Paul Bourget

무뎌진 줄 알았는데
아니었나 봐.

깨달았다.

왜 행복하지 않은지.

'돈'이라는 필요악에 짓눌려

필요 이상으로 스스로를 압박해서

즐기지를 못하고 있는 것이다.

그래서 전과 달리

내가 좋아하는 것을 공부하면서도

학점을 잘 받아야만 한다는 압박감에,

그래야 장학금을 탈 수 있다는 생각에,

시험기간임에도 일 끝내야 한다는 압박감에,

그래야 학비를 낼 수 있다는 생각에,

즐겁게 공부하지 못하고 있는 것이다.

그런데 지금 내겐 달리 도리가 없잖은가.

다른 경우의 수 따위 없잖은가.

이대로, 앞으로 2년 반을 보내야 하는 건가?

끔찍한 인생이다.

끔찍하다, 정말.

이러니까 생에 미련을 가질 수가 없는 것이다.

시간이 흐르면 흐를수록

행복한 순간보다 불행한 순간이

몇 배는 증가한다.

이전에는 몰랐던

날 둘러싼 세상의 숨겨진 이면을 깨우쳐 갈수록

좌절에 좌절만 더해간다.

그거 아는가?

빛은 어둠을 이길 수가 없다.

적어도 내 안에서는 그렇다.

121 20100913

아

정말

생각하고 또 생각할 때마다

"이 길은 내 길이다."

확신만 커져 간다.

공부가 너무 재밌어.

독일어,

독일어권 문학,

독일어권 문화

(현재 독일어권 뮤지컬에 미친 상태.

아 1년도 넘었는데 너무 오래 간다.

이것도 병이라면 병인듯... ㄷㄷㄷㄷㄷㄷㄷ),

연극,

여행

좋아하는 것들을

공부하는 건

진짜 전혀 힘들지가 않다.

아 공부가 재밌어 ㅋㅋㅋㅋㅋㅋㅋㅋㅋ

123 20101114

염색 염색 ㅋㅋㅋ

보라색!

아

여기에 정착해야겠구나.

깨달음을 얻음.

염색은 여기다.

124 20070321

독백,

대답 없는 메아리

연극하고 싶다.

공동체라는 기분을 다시 한 번 느껴보고 싶어.

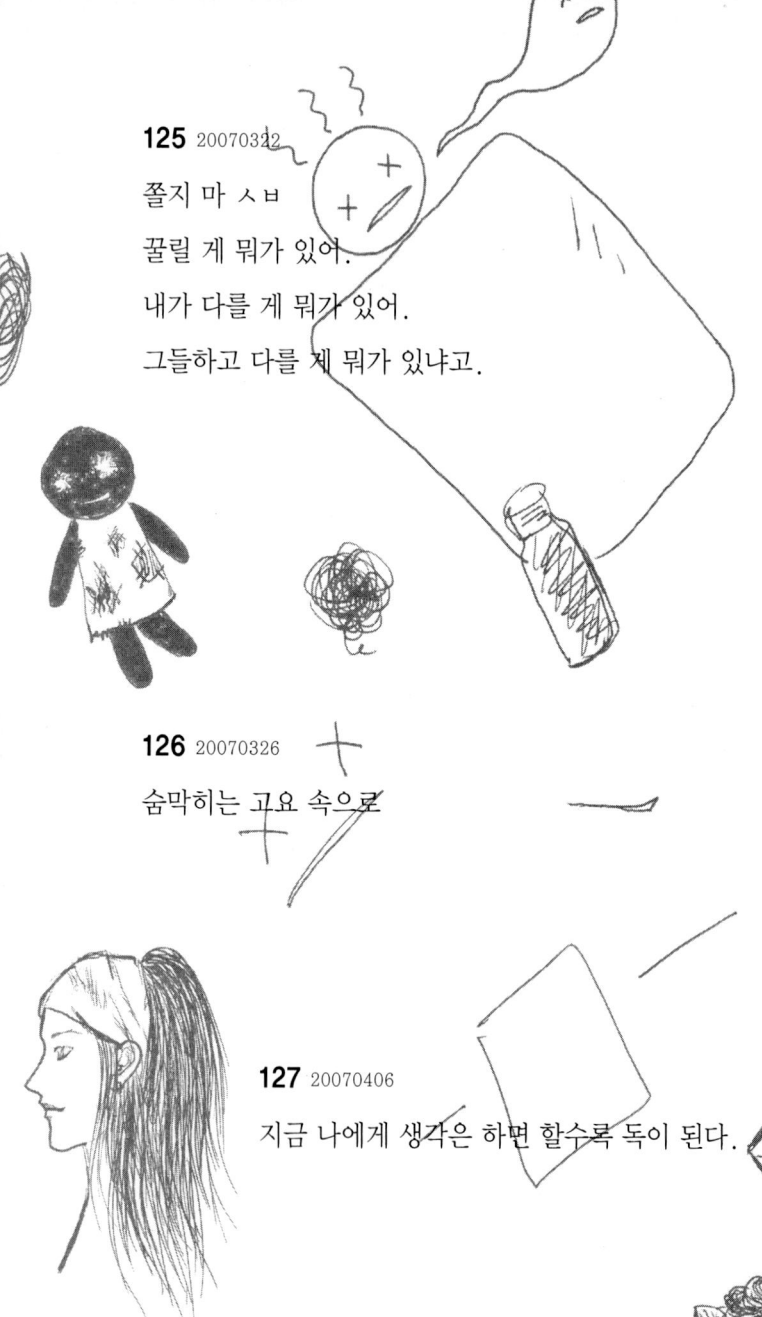

125 20070322

쫄지 마 ㅅㅂ

꿀릴 게 뭐가 있어.

내가 다를 게 뭐가 있어.

그들하고 다를 게 뭐가 있냐고.

126 20070326

숨막히는 고요 속으로

127 20070406

지금 나에게 생각은 하면 할수록 독이 된다.

128

귀찮아.

어쩜 좋아?

.

.

.

이러다가 다시

살기도 귀찮아지면 어쩌지.

129

그것 참 이상하네.

그대로라고 생각했는데

왜 더 꼬여 있는 걸까?

130 20100505

하나도

… 하지 않다.

왜?

131 20100506

무엇이 내 영혼을 피폐하게 하는가.

무엇이 내 마음을 무자비하게 뒤흔들어 놓았는가.

132 20100510

당통이 죽는 게 문제가 아냐.

내가 죽어가고 있다.

으악!

133 20100511

난

저자의 속내를 모르겠단 말이야.

감춰진 위선인가.

비틀린 쾌락인가.

134 20100516

거기서 처음으로 경험한

진정한 어둠이 그립네.

135 20100621

모든 것이
예전과 같지 않다.

닳고 닳아 녹이 슬어 버린 듯한
불편한 느낌.

문득 모든 것이 낯설다.

게슈탈트 붕괴 현상인가. ㅎㅎ

136 20100628

참
인생 쉽게 사는 사람들이 많구나.
뇌에 녹이 다 슬겠네.

137 20100925

모든 게 예전과 같지 않다.

새벽에는 싸이를 하는 게 아닌듯.

...

아니,

싸이 자체를 하지 않는 게 가장 좋은 방법일 수도.

애초부터 하지 말았어야 하는 거였는데.

애증의 싸이월드 망할 니은니은.

138 20101212

밤을 새면 안 돼.

자꾸 사람이

이상해져.

난 수학 영어 과학은 으악임 ㅋㅋㅋ

뼛속까지 인문계야 ㅋㅋ

난 독어독문학 전공이 적성 잘 맞춰서 온 거 같애 ㅋㅋ

근데 이러고 있으니 ;ㅁ; ㅋㅋㅋㅋ

복학하면 진짜 왕고참 될듯 ㅋㅋㅋㅋㅋㅋ

독일어 열심히 배우면 뭘 해얌.

써 먹어 보고 싶다고! 현지 가서 ㅋㅋㅋ

아오 언제 다 나아서 독일어권 견학 가나 ㅋㅋ

치료비도 몇 천만 원 드는데 ㅜㅜㅜㅜㅜ

우리 집 개거진데 ㅜ ㅋㅋㅋㅋㅋ

이게 스트레스 엄청 받으면 급성으로 온대 ㅋ

아무래도 난 학자금 대출 알바해서 갚으면서

학교 성적 유지하고 그러는 데 지친듯 ㅋ

이구 모르게씀 ㅋㅋㅋ

난 독일어가 영어보다 쉽던데 ㅋㅋㅋㅋㅋ

발음도 예외 없고 문법도 예외 없고 ㅋ

불어도 배워 보고 싶은데

불어는 발음이 ㅜㅜㅜ ㅋㅋㅋㅋㅋㅋㅋ어려울듯

182 침묵의 노래

훗

사랑니

이제 완전히 보내 버렸다

우하하하하하하하하하하하하하

일주일만 있으면

후리하게 살겠구나

꺄하하하하하하하하하하하

'_; 훗 훗훗훗훗

난 카페를 사랑한다.

커피 한 잔에 거의 무제한으로(?)

(음. 본인이 얼마나 철면피냐에 따라 개인차는 있겠지만)

제공되는 그 시간이 참 좋다.

약간의 소란스러움과 약간의 여유가 공존하는 그 곳.

근데......

줴길 결국 내게 남은 건.

............카페인 중독.....ㅋㅋㅋㅋㅋㅋㅋㅋㅋ

ㅋㅋㅋㅋ

전에 없던 각성 효과가 온다.

손이 마막 떨려 제길 ㅋㅋㅋㅋㅋㅋㅋㅋㅋㅋㅋㅋㅋ

저카페인 커피만 마셔야 긋다....

비싼 원두 커피집들을 공략해야 하나...ㅠㅠㅠㅠㅠㅠ

마음에도 없는 주스로 갈아 타야 하나.....

으악

142 20091216

언제쯤

따뜻함을 그리워할 수 있을까.

나는 아직도 얼음이 든 커피가 좋다.

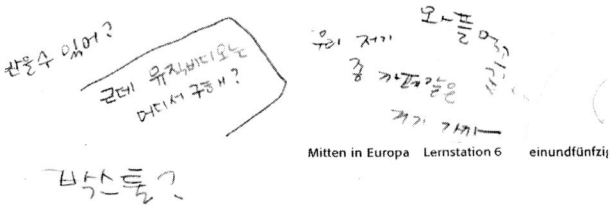

Mitten in Europa   Lernstation 6   einundfünfzi

143 20100704

왜 새벽 경기는 항상 대박인가

ㅋㅋㅋㅋㅋㅋㅋㅋㅋㅋㅋㅋㅋㅋㅋㅋㅋㅋㅋㅋㅋㅋㅋㅋㅋㅋ

ㅋㅋㅋㅋㅋㅋㅋㅋㅋㅋㅋㅋㅋㅋㅋㅋㅋㅋㅋㅋㅋㅋㅋㅋㅋㅋ

ㅋㅋㅋㅋㅋㅋㅋㅋㅋㅋㅋㅋㅋㅋㅋㅋㅋㅋ

나 죽네

ㅋㅋㅋㅋㅋㅋㅋㅋㅋㅋㅋㅋㅋㅋㅋㅋㅋㅋㅋㅋㅋㅋㅋㅋㅋㅋ

ㅋㅋㅋ

144 20110214

단골 커피집

룰루랄랑

단골 커피집 하나 만듬 ㅋㅋ

조타조타

드립커피

다음엔 더치커피라는 녀석을 마셔 보게써!

제7장 예술에 취하다

선영이는 뮤지컬가수 김법래 씨의 열렬한 팬이었다.

145 20070527

"웨스트 사이드 스토리"를 봤다.

나는...

느꼈다.

끓는 피를.

나는 뮤지컬에서 벗어날 수 없어.

146 20070819

Tonmeister를 할 것이냐?

음향기술자를 할 것이냐?

공연기획을 할 것이냐?

제7장 예술에 취하다　189

147 20071029

요즘 시간에 치여서 쓰는 버릇을 잃고 살았었는데..

그래서인지 녹슬어감을 느낀다.

어휴, 각성해야지.

148 20071103

"Der Besuch der alten Dame"

"Schauspiel"

회귀 본능이라고도 하지...?

역시

연극에 발 한 번 제대로 디디면

빠져나올 수가 없어.

149 20080215

괴테(독일문화원) 가는 길목에 항상 보이던 숭례문

버스 정류장에서 고개만 돌리면 보이던 숭례문인데

이젠 고개를 돌리긴 커녕

남대문 시장으로 걸어가는 길에서도 한참 후에나 보인다.

위풍당당하던 머리가 사라졌어..

국화꽃 한 송이 정성스레 놓아두고 오는 길엔

기분이 야리꾸리했다.

사람이 죽은 것도 아닌데

이 기분은..

국화꽃 두고 온 후 오늘 다시 찾은 숭례문

높은 가림막 때문에 이젠 보이지도 않는다.

허전하다 내 길동무 눈동무를 상실하니. 쳇.

일단 난 대학생.
현재 신분에 충실하자.
간간히 미래 준비도 하면서
인생에 이때뿐인 대학생 시절을 즐기는 거야.
타이밍의 미학,
내가 사랑하는 백 스테이저는
그 후에.

쳇
맨날 공연 보거나 심지어 공연 생각만 하면
혼자 달아오른다.
진짜 어쩔 수 없나보다-_-

숨통을 옥죄는 돈이라는 녀석 때문에
매시간 매분 매초 스트레스를 받지만
이걸 어떻게 하겠어.
무대가 나를 끌어당기는 걸.

공연 볼 때마다

무대,

조명,

음향상태,

음악,

소품에 먼저 시선이 닿는 걸.

공연 볼 때마다

배우로서가 아닌 스태프로서

저 자리에 있으면 얼마나 좋을까

매순간 피가 끓는 걸.

진짜 어쩔 수 없나보다.

제길 이 죽일 놈의 돈.

제1막 공연을 마치고 동
생 하영, 영준이와

151 20080330

공연 후에도 귓가에 맴돌던 이 말

—————

더럽다고 추하다고 구박해도
나는 널 먹고 갈란다……
내가 너를 먹듯이
누가 나도 좀 먹어 주었으면…
더럽다, 미쳤다 흉악하다 않고,
어여쁘다 착하다 인정 많다 하면서
나도 좀 먹어 주었으면…
그 입술에 닿아 봤으면,
그 혀끝에 녹아 봤으면,
그의 침과 섞여 사라져 봤으면….

울지 마라.
울지 마.
기다리면 오지 않고,
보내려면 가지 않아.

옷소매잡고 붙잡아도

금새 떠나는 것이 시간이니...

텅 빈 채 떠나가야지....

다 쏟아놓고 떠나가야지.

_____

"인류 최초의 키스"...

여운이 깊은 작품이다.

나로 하여금 대본을 뒤적이게끔 만들었으니.

"해바라기"

내 평생 가장 슬픈 가장 눈물을 참을 수 없는 영화

엄밀히 말하면

슬프다기보다는 절망의 끝이라고 하겠다

이리도 절망적일 수가 있는지

아주 작은 소소한 희망조차 허용되지 않았던 삶이라니

153 20090916

영화는 끝났고

그의 인생도 끝난 듯 한데

"기사 윌리엄"으로 처음 만난 그 순간보다도

"브로크백 마운틴"에서

과묵하지만 따뜻했던 그 순간보다도

그가 생을 마감한 후에 개봉한 이 영화에서의 그가

더욱 깊숙히 박힌다

아 히스 레저 ㅠㅠㅠㅠㅠㅠㅠㅠㅠ

시간이 지나면 지날수록 자꾸 보고 싶네..

ㅠㅠ 어찌하나

웃기지 않아?
건달인 우리는 쓰레기 소리나 듣고,
흉내도 못내는 니들은 주인공 소리 들으니...

이 영화는 진짜 좀 짱인듯.
말 그대로 "영화는 영화다".

이 짧은 영화 안에
담긴 것도 참 많다.

의상을 통한 흑백대비.
현실과 가상의 대비.
뭐 그런 작은 것들부터 시작해서...

뭐라고 찍어서 이야기하기엔
내 글솜씨가 너무 비루해서 표현을 제대로 못하겠고..

(개인적으로 우리 동네가 자주 나와서
완전 신기했다는..

영화에 나온게 신기한 게 아니라
아니 이렇게 일산이 자주 나오는데
왜 난 단 한 번도 못 봤냐는 거지.
자주 가는 곳임에도 불구하고.
거 희한하네.

웃음도 적절히 섞인 영화.
억지로 웃기려고 하는 것이 아닌듯해서 더 좋았다.

감독 역할로 나온 분 때문에
극장이 아주 떠나가는 줄 알았다는..

엔딩이 아직도 기억에 남는다.

진짜 영화를 찍으러 간다던 강패.
일을 저지른 후 경찰차 창을 머리로 깨고서
수타를 바라보며 웃음짓던 강패,
그리고 그런 강패를 보는 수타의 눈에 고인 눈물.

아, 여운 참 길다.
그래, 영화는 영화일 뿐,
현실은 달라.

. . 쳇.

시나리오 한 번 끝내주는 영화.

역시. . 김기덕 감독님 시나리오드만?

이런 영화 함 보세요

1. 캐리

1976년 영화계를 떠들석하게 만
든 영화죠. 집단 따돌림을 당하는
캐리라는 여학생의 복수. 초능력을
쓰긴하지만요..;; 스티븐 킹 원작
소설, 브라이언 드 팔마 감독의 영
화로 참 잘만들어진 슬픈 호러 영
화입니다.

2. 괴물

남극을 탐사하던 탐사원들에게 벌
어지는 일. 개들이 갑자기 괴물이
되면서 점차 인간으로 확대. 탐사
원들이 점차 괴물이 되어갑니다.

상당히 무서운 영화죠

3. 이벤트 호라이즌

특별히 누가 살인마라고 하기 힘
듭니다. 사라진 이벤트 호라이즌
호를 찾기 위해 우주로 떠난 사람
들.. 우주 비행사들은 이벤트 호
라이즌호를 찾아내고.. 이벤트 호
라이즌호 내부를 둘러보는 과정
중 점차 이상한 일들이 발생하게
됩니다. 상당히 무서운 영화죠.

5. 아쿠아리스

1989년 작품으로 슬래셔 무비입
니다. 뮤지컬 연습 도중 배우 및
스텝들이 하나 둘씩 살해 당하고
그들은 연극 무대가 있는 장소의
모든 문이 닫히게 되어 밖으로 나
갈 수도 없는 상황. 조금 된 영화
이긴 하지만 엄청난 수작이고, 마

지막 반전 또한 깜찍한 영화입니다.

7. 주온 비디오판

일본에는 영화가 두 종류가 있습
니다. 비디오용으로 나와 극장에
걸리지 않고 바로 비디오로 나오
는 영화와 극장에 걸리는 극장용
영화 이렇게요. 주온의 경우 처음
에 나왔을 때 비디오용으로 제작
된 비디오판 영화였습니다. 하지
만 예상 외의 큰 호응을 얻자 극장판으로 다시 제작되
었고, 그 극장판이 우리나라에서 상영, 미국으로 건너
가 그루지가 된 것이죠. 주온의 경우 극장판보다 비디
오판이 훨씬 무섭고 잼있습니다. 내용의 이해가 어려
운 건 마찬가지지만 그저 즐기신다면 참 오싹한 영화라
고 생각합니다.

헬레이저

페노미나

아미티빌 호러

봐야 할 공연들

* **지킬 앤 하이드** (고양 공연)

  아람누리 아람극장

  주말 R석 11만원(금 토 일 낮)

  주중 R석 10만원(화 수 목 일 저녁)

  중고대학생 20퍼 할인! 학생증 필!

  나 이거 본다... 브래드 하앍

  넘 친절한 님하... 사진을 못 찍어서 슬펐다. 제길

  미친 본인아... 카메라 어따 두고 댕기냐! 어헝헝

  그래도 사인은 받았자나.. ㅠㅠ   ㅊㅔㅅ

* **살인마 잭** (법래 ㅎㅛㅇ! >ㅁ</)

  유니버설아트센터 2009.11.13~2010.01.31

  R석 10만원

하지만 단관 갈 거니까 ㅋㅋㅋㅋㅋㅋ

8만원 ㅋ 뒷풀이 가면 9만원 ㅋ

근데 너무 멀어서 뒷풀이... 몰라 ㅠ

ㅎㅛㅇ하고 언니옵하들한테 인사만 해야 할지도...

ㅊㅞㅅ ㅊㅞㅅ ㅎㅛㅇ아 그러게 왜 시상식 때 일

찍 가셨...엉엉

1월 23일 토요일 저녁 공연 가고 걍 찜질방 갈까 ㅋ

ㅋㅋㅋㅋ

1월 31일 낮공 가고 쌈박하게 올까 ㅠ 엉엉 몰랑

* 스프링 어웨이크닝 (조정석 하얗, 김무열 어형형)

두산아트센터 연강홀 2009.06.30~2010.01.10

R석 80000원, S석 60000원

뮤지컬 헤븐 쿠폰 가져가면 주중 35% 주말 25% 할

인인데

10월 16일~11월 15일 공연에 한한다네...

나 회원인데 으악

* **에쿠우스** (류덕환이 알런?! 재밌겠...ㅋㅋㅋ)

　대학로 문화공간 이다 1관

　2009.12.01~2010.01.31

　R석 45000원 S석 35000원

　조기 예매 할인! 10/19~11/8까지

　구매일 기준으로!

　그리고 공연 날짜 12/1~12/31까지 적용

　회당 40매 한정! 30%씩

　대학생 할인! 무조건 만원 할인 ㅋㅋㅋㅋㅋ 학생증 필!

　다이사트로 송승환, 조재현

　알런으로 정태우, 류덕환

　요렇다네 ㅋㅋㅋ 솔직히 류덕환 보고 싶구마

* **오페라의 유령** (근디 한국어 가사 적응 안 될듯 ㅋㅋ)

　샤롯데씨어터 2009.09.23 ~2009.12.31

　10월

　Weekday(화~금, 일요일 저녁공연)

VIP석 120,000원, R석 100,000원, S석 70,000원

Weekend(토, 일요일 낮 및 공휴일)

VIP석 130,000원, R석 110,000원, S석 80,000원

11~12월

Weekday(화~금, 일요일 저녁공연)

VIP석 130,000원, R석 110,000원, S석 80,000원

Weekend(토, 일요일 낮 및 공휴일)

VIP석 140,000원, R석 120,000원, S석 90,000원

할인 따위 없네... 제길 ㅠㅠㅠㅠ

* **영웅** (안중근 의사...ㅠ 정한님 하앍)

　LG아트센터 2009.10.26 ~2009.12.31

　10월26일~12월13일

　VIP석 110,000, R석 90,000, OP석 80,000

　S석 70,000, A석 40,000

　12월15일~12월31일

　VIP석 120,000, R석 100,000, OP석 90,000

S석 80,000, A석 50,000

대학생 할인 평일 25% 주말 20% (사랑합니다 ㅋㅋ
ㅋㅋ)

* 스페셜레터 (군대.. ㅋㅋㅋ 빵빵 터진다매?ㅋㅋ)
SM아트홀 R석 4만원 S석 2만5천원

11월 1일까지 공연에 한한 할인은...
김병장 위문선물 할인: 초코파이 지참시 30% 할인
밀리터리 할인: 군복, 군번줄, 휴가증, 전역증,
입영통지서 등
군용품 소지시 40% 할인 ㅋㅋㅋㅋㅋㅋㅋㅋㅋ
스페셜 선데이 할인: 일요일 공연 예매시 50% 할인
보너스로 김병장 면회가기! 사인회 있단다 ㅋㅋㅋ
스페셜 우먼 할인: 매주 화요일 ㅋ 여자 예매시
40% 할인
보너스로 또 김병장 면회가기 ㅋㅋㅋㅋㅋ
삼삼오오 누적 할인: 3명은 30%, 5명은 50% ㅋㅋㅋ

보너스로 또또 김병장 면회가기 ㅋㅋ 이번엔 포토타

임 ㅋ

대학생 균일가! : 무조건 25000원 ㅋㅋㅋ

할인 많아서 관객 입장에선 좋은데

왠지 슬프긔 ;ㅁ;

영화 주인공은..

"해바라기"의 태식이가 가장 안쓰러웠고

뮤지컬로는....

ㅠㅠㅠㅠㅠㅠㅠㅠ

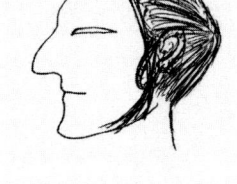

"오페라의 유령"의 팬텀....

최고 안쓰럽다

아오

"스프링 어웨이크닝"의 모리츠도 안쓰러웠지만

(너무 어두워... 어헝헝헝 모리츠!!!!!!!!!!)

"밑바닥"에서의 배우도 안쓰러웠지만

(ㅠㅠㅠㅠㅠ ㅠㅠㅠㅠ배우님 왜 자살을)

"젊은 베르테르의 슬픔"의 베르테르도 안쓰러웠지만

(넌 좀 싸이코 같긴 했어ㅠㅠㅠㅠㅠㅠㅠ)

"노트르담 드 파리"의 콰지모도도 안쓰러웠지만

(어헝헝허엉 춤을 춰요 에스메랄다 ㅠㅠㅠㅠㅠ)

팬텀이 가장....ㅠㅠㅠㅠㅠㅠㅠㅠㅠㅠㅠㅠ

히밤 내용 생각만 해도 울컥해져

영화는 진짜 태식이... 최고다

ㅠㅠㅠㅠㅠ ㅠㅠㅠㅠ ㅠㅠㅠㅠㅠ ㅠㅠㅠ

말이 필요 없다 이건 ㅜㅜㅜㅜㅜㅜ

보고 나면 찔레꽃 노래 계속 나오는 거다 ㅜㅜㅜㅜㅜ

아 정말 ㅌㄷㅌㄷ ㅜㅜㅜㅜㅜㅜㅜㅜㅜㅜ

158 20100915

조명조명조명

팔로우만 해 봤지,

디머나 콘솔 이런 건 첨 잡아 보는데

둑흔둑흔

이번에 보고 싶은 것들

* 나는 야한 여자가 좋다

(연출을 어케 할지 궁금 ㅋㅋㅋ

ㅋㅋ)

* 젊은 베르테르의 슬픔

(나 이거 뮤지컬 덕후인듯 ㅋㅋㅋ

이번에 보면 세 번째!)

* 록키 호러쇼

(궁금하다 ㅋㅋㅋ

이런 그로테스크 엽기 뮤지컬은

본 적이 없기에 ㅋㅋ)

* Without U

  (모노 뮤지컬?????????)

* 빨래

  (진짜 마음이 정화됨을 느낀 작품. 아 또 느끼고 싶다고)

* 악령

  (음.. 작품 설명을 해 놓은 란을 보니까 급 땡기는 작품.
  도스토예프스키 작, 까뮈 각색이라니 급 궁금
  시놉시스도 맘에 들고.. 무엇보다 비극이라서.. ㅋㅋㅋㅋ)

이 외에도 무진장 많다.
제목만 보고도 궁금 돋는 작품들 많네.
오옷

제1막의 추억이 깃든 남산 드라
마센터에서는
독일 극단이 "햄릿" 공연
을!!!!!!!!!!
아놔 갑자기 또 땡김
과연 알아들을 수 있을 것인가
ㅋㅋㅋㅋㅋㅋㅋㅋㅋㅋㅋㅋㅋ

ㅠㅠㅠㅠㅠㅠㅠㅠㅠㅠㅠㅠ

ㅠㅠㅠㅠㅠㅠㅠㅠㅠㅠㅠ

하지만 난 상그지잖아 상그지

ㅠㅠㅠㅠㅠㅠㅠㅠㅠㅠㅠㅠㅠ

ㅠㅠㅠㅠㅠㅠㅠㅠㅠㅠㅠㅠ

이거 다 보면 난 진짜

방 빼고 학교 바이바이 해야 돼

ㅠㅠㅠㅠㅠㅠㅠㅠㅠㅠㅠㅠㅠ

아아아아아

"서편제"

이런 망할 작품 같으니

이렇게 또 내 피 같은 십만 원이…….

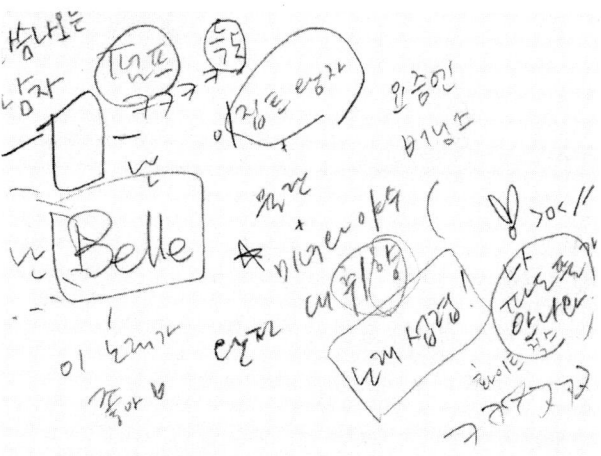

"예더만" 연극 후기

다들 연극 후기를 썼군.

음 나도 써 볼까.

ㅋㅋㅋㅋㅋㅋㅋㅋㅋㅋㅋ

후기 하니까 교수님한테 낸 그 후기 생각나네.

교수님의 작품 선택에 대해서 디스 엄청 했는데 ㅋㅋㅋ

ㅋㅋㅋㅋㅋㅋㅋ

아 걱정됨 ㅋㅋㅋㅋㅋㅋㅋㅋㅋ

어쨌든 난 내 생각을 여과 쵸큼 해서 ㅋㅋㅋㅋㅋㅋ

여기 적어 보도록 하겠다.

일단 정말 난관이었다.

성극 느낌에 위기와 절정이 뚜렷하지 않고

매우매우매우매우 진부하고 뻔한 소재.

도대체 잘츠부르크에서는 왜 이 작품을 개막작으로 쓰

는 거지?

미스테리하다.

그래그래 작품 자체를

현대에 맞게 재창조한다면 수작이 될 수도 있겠지.

하지만 문제는, 우리에겐 재창조할 수 있는 여지조차

주어지지 않았다는 것이다!!

능동적으로 작품에 임했다기보다는 수동적이었던 느낌.

물론 연극은 내 평생 안고 갈 컨텐츠라

즐겁긴 했다.

그냥 이 작업을 하고 있다는 것 자체가 좋았다.

(제1막 안 들갔음 난 레알 하고 싶은 거 없는 초잉여였

을듯)

하지만 이번엔 그만큼 불만도 좌절도 허망함도 컸다.

내가 했던 연극과는 차원이 다른.

자꾸만 우리는 아마추어라고 강조하면서 자위하려드는데

(아마추어라고 강조하는 마당에

왜 프로들이 잘츠에서 공연한 것과

흡사한 연출을 원하셨던 건지....

사실 난 자연주의 연극을 좋아한다.

자연스럽고 사실적인 연기.

하지만 우리에게 요구된 건....)

그렇다면 적어도 아마추어가 할 수 있는 선에서 최대한

을 끌어냈어야 하지 않았나 싶다.

내가 보기에는 충분히 더 끌어 올릴 수 있었는데.

장애물은 다들 음... 눈치채고 있다시피 ㅋㅋㅋㅋㅋㅋ

그것이다.

으엉 정말 어쩔 도리가 없다. ㅠㅠㅠ

이건..... 내 손을 떠난 문제다.

ㅠㅠㅠㅠㅠㅠㅠㅠㅠㅠㅠㅠ

처음에는 걱정이 태산 같았지만

생각보다 참여한 선후배님들이

공연이 가까워지면서 더러 의욕적인 모습을 보였기에

니름 안심이 되긴 했다.

그리고 대학로 공연은 생각 외로 그럭저럭 괜찮았다.

우리가 소화하기 까다로운 작품이었는데도 관객들이

공연에 점점 몰입하고 있음이, 내가 조명 오퍼를 보고

있던 그 자리에서도 여실히 느껴졌다.

어쨌든 이번 연극을 긍정적으로 보는 가장 큰 이유가

이것이다.

관객과 어느 정도 소통이 되었다는 것.

단지 아쉬운 건 조금 더 끌어올릴 수 있었는데

그러지 못했다는 거다.

연극을 하고 싶어 모인 사람들이라기보다 수업 때문에

자의 반, 타의 반으로 모인 사람들이 만든 극 치고는

성공이었다.

하지만 다시 이 작품을 하고 싶냐고 하면......

음.......

재해석하지 않는 한은 무대에 올리고 싶지 않다.

손발이 잘린 느낌이었달까.

ㅠㅠㅠㅠㅠㅠㅠ 분명 내가 아는 연극 작업은

창조적이고 능동적인데 ㅠㅠㅠㅠㅠㅠ

아니 왜 울 학교 공연은 올리고 나면 눈물이 안 나냐고?

ㅋㅋㅋㅋㅋㅋㅋㅋ

고등학교 때는 뭐만 했다 하면 울음바다였는데 ㅋㅋㅋ

ㅋㅋ

왜 벅차오르는 감동이 없는겨 ㅋㅋㅋ

쳇쳇쳇 ㅋㅋㅋㅋ

어쨌든 내년을 언제 기다리나.....

ㅋㅋㅋㅋㅋㅋㅋ이래도 연극은 계속 하고 싶다.

나란 사람.... ㅠㅠ

내년 2학기가 기다려지는 한편으로는 걱정도 된다.

아오...또 어떤 작품으로 하려나 ㅠㅠ

좀.... 제발... 괜찮은 거 합시다. 흑흑.

하나님 : 모든 만물의 창조주. 자신의 피조물인 인간들이 타락하는 것을 안타까워하며 동시에 그로 인해 분노한다. 그런 인간들에게 경각심을 심어 주기 위해 본부로 케레만을 침묵의 섬단대에 숨겨야 한다. 그에게 모든 생명체는 자식과도 같다.

죽음 : 인간에게 죽음을 선고하는 일을 업으로 삼아 있는 하나님의 부하. 인간이 가장 두려워하는 죽음을 선고하는 자이기에 냉정하고 냉혹하다. (아니면 그러려고 노력하든가.) 냉정하고 냉혹하며 거의 항상 무표정을 유지하고 있고, 필요나 말만 하고 인간들을 완곡 멸시하는 경향이 있다.

악마 : 관상이 부정적이고 자기 중심적이며 잔혹하다. 어찌보면 가장 순수한 캐릭터 케레만을 지옥으로 끌고 가려고 했다. 딱 '미운 7살'. 게다가 세상을 바라보는 시선이 상당히 비관적이다. '선한' 것들은 모조리 다 가식 혹은 위선이라 생각한다.

케레만 : 대표적인 세속적인 인물. 영적인 가치는 모두 배제하려 하며 세속적 가치를 좇는 데만 몰두한다. 막상 죽음이 찾아오자 돈과 명성으로 뒤늦게 떨쳐 자신만만한 청년 때의 모습은 온데간데 없고 아무것도 가진 게 없는, '오만하고 우유부단하며 겁 많은 형편 없는 인간으로 전락한다. '죽음'이란 말을 연상시킨다.
    세속적 가치 - 물체적 ♡, 친구, 형명, 재물
    영적 가치 - 선(善), 신앙

케레만의 어머니 : 신실한 크리스천.

뻐꾸기 둥지 위로 날아간 새

아.................
대작은 뭔가 달라도 한참 다르다.
정말 말을 잃게 만드는 엄청난 결말
....

아빠의 추천도 있었고,
내가 평상시에 궁금했던 로보토미 수술이 나온대서
보게 되었는데....

아.. 그냥.. ㅠ 최고다.
헤어나올 수가 없다.

정신병원이란 곳에서 처참하게 유린되는 인권을
제대로 그렸다.

그리고 그곳에서 혁명 아닌 혁명을 일으키는
맥머피(잭 니콜슨)...

맥머피가 정신병원에 들어서고
같은 병원 환자들에 대해 알아갈 때
맥머피가 느끼는 혼란을 나도 똑같이 느낄 수 있었다.

완벽한 시설화.
정신병원에 맞게 길들여진 사람들.
무서울 정도로 순응하는 사람들.
자아를 잃어버린 것 같은 사람들.

와우. 내겐 있을 수도 없고 있어서도 안 되는 그런 것.
신선한 충격이었다.

그런 그들에게 맥머피가 느끼게 해 준
순간의 자유는 얼마나 달콤했을까.

하지만 결국 그도 그 높고 견고한 시스템의 장벽 앞에
무너지고 만다.

맥머피가 간호사들의 손에 이끌려
어딘가에서 돌아오지 못하고 있을 때
영화 첫 장면에서처럼 카드놀이를 하고 있는
환자들의 모습은
내겐 너무 절망적이었다.

결국은 모든 것이 제자리로...

그리고 돌아온 맥머피, 그리고 추장.
추장이 맥머피를 보고 침대가로 다가가서...ㅠ
아 거긴 정말 -_-
로보토미.. 이런 ㅅㅂ같으니...

너무 비극이다.
비극도 이런 비극이 없다.
처참할 정도로, 비극이다.

나 정말,
잭 니콜슨은 좋아하지 않을 수 없는 배우인 것 같다.
연기파. 완전 연기파. 그는... 최고다.

빌리는....

아 정말, 너무 몰입했었다-_-

빌리 얘기는 너무 스포니까 자제..

추장은 개인적으로 너무 맘에 드는 캐릭터였다.

배우도 괜찮아서 검색해 봤더니

뻐꾸기 포함 두 편의 영화밖에 찍지 않았더라.

아쉽다....

좀 많이 띠꺼웠지만 수간호사 렛춰드...

그 분 연기도 너무 좋았다.

잭 머피가 목 조르는 부분은

진짜 목 조르는 줄 알았다..

눈 돌아가는게 정말.... 워허허

지금도 긴가민가하다...

아마................

죽을 때까지 잊혀지지 않을 그런 영화인 것 같다.

샤이닝

요즘 나오는 공포, 스릴러 물은
스토리보다도 비주얼 적인 면에 치중한다.
물론 관객들에게 그런 것이 먹히니까 그렇게 하는 것이
겠지만
나는 그런 게 싫다.
그냥 징그럽고 그저 피만 튀기고
귀신만 시도 때도 없이 불쑥불쑥 나오고
- _ - 당최 무슨 얘긴지.

항상 공포 스릴러물을 갈망하다가
나랑 눈이 맞은 작품이 "샤이닝".
히도치가 그렇게 보라고 보라고 그랬었는데
이런 저런 일 때문에 미루고 미루다가
갈증 때문에 죽을 정도가 되니까 찾게 되었다.

어우 근데 후회는 없다.

그냥 대박임.

무슨 말이 필요하랴.

소장 가치,

내게는 10000000000% 있다.

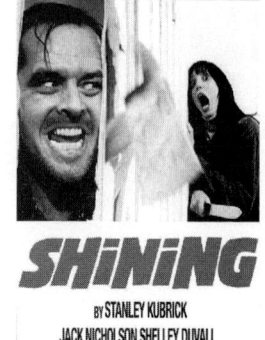

보는 내내 배우들의 연기와

강렬한 색의 대비와

환상적 앵글과

퀄리티 대박인 음악에 감탄하고 또 감탄했다.

요즘 영화에 찌든 사람들에겐

간이 덜 된 느낌을 줄 수도 있겠다.

그래도 내겐 오히려 담백하고 좋았다.

대니가 호텔 안을 조그마한 자전거 같은 것을 타고 달

릴 때 카펫이 깔린 곳과 깔리지 않은 곳....

소리가.......

거기에다 그 뒤를 바로 쫓는 듯한 카메라...

(너무 궁금해서 찾아보니 스테디 캠이라는 것이더

라...

스탠리 큐브릭(이 영화 감독)이 처음 도입했다지? "샤이닝"에서.)

그저 달리기만 할 뿐인데 오싹하더라....

스테디 캠이 한 번 더 쓰이는 곳이 있다.

마지막 씬...

나름대로 추격전.

오우 그때도 대박이다.

뭐 스토리를 너무 장황하게 쓰면 좀 그렇겠지?

누가 보지도 않겠지만 ㅎㅎㅎㅎ 그냥 좀 ㅋㅋㅋㅋㅋㅋ

듣자하니 한국에는 참 늦게 들어온 작품이라든데...

내용이 정서상 좀 그랬다나 뭐래나 ㅉ

정말 물건이다.

왜 항상 명작 순위에서 빠지지 않는지 알 것 같다.

워우.

귀신이 나온다고 하기도 좀 뭐한데

사람 심리 묘사만 가지고...... 이 정도의 수작이라니.

배우들의 연기는... 그냥 막 소름끼칠 정도다.

화장실 문을 도끼로 쪼개고 얼굴을 들이밀던

그 유명한 장면은 정말 압권.

잭 니콜슨 스스로도 어떻게 그런 표정을 지었는지 모르

겠다 하니..

어우 짱!!!

인터넷에서 봤는데

원작자인 스티븐 킹은 이 영화 별로 안 좋아 했다더라

ㅎㅎ

영화화하면서 소설이랑 너무 달라졌다나 ㅎ

근데... 영화는 영화로서 의미가 있고

소설은 소설로서 의미가 있는 거지. ㅎㅎㅎ

어쨌든 이 작품 때문에

스탠리 큐브릭과 잭 니콜슨에게 지대한 관심이 생겼다.

덕분에 고전 영화들에도 눈을 돌리게 됐고.... ㅎㅎㅎ

ㅎㅎ

리뷰 죽어라 올려야지.

레퀴엠

음악으로 처음 접한 영화.
드디어 봤다.
새벽에 너무 잠이 안 와서....
어우 근데
끔찍했다.

약? 그딴 거 하지 말자-_-
만약에 그런 것들에 유혹을 느낀다면
이 영화를 보라, 꼭.

약을 먹을 때, 맞을 때, 그 순간을
영상과 소리로 현실감 넘치게 표현했다.
쩌러.
이 영화는 그냥

백 마디 말보다 한 번 보여 주는 게 낫겠다.

왜 제목이 "레퀴엠"인가...
진혼곡.....

나락 끝에 있는 나락....
그들의 이루어지지 않은 꿈...
정말 ㅠㅠㅠ 그저 우울하다.

제8장 절망의 유혹

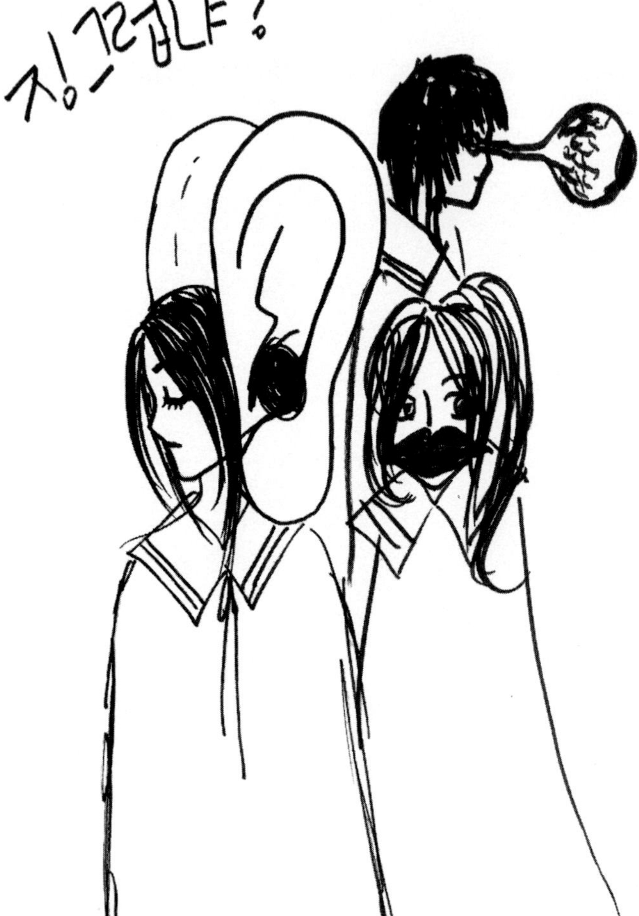
징그럽냐?

귀가 큰 인간은.

남의 비밀이나 이야기를 엿듣는 **너**

눈이 튀어나온 인간은.

무엇이든 엿보는 **너**

입이 큰 인간은.

뭐든 다 나불대는 **너**

청각을 탐하는 **너**

시각을 탐하는 **너**

수다를 탐하는 **너**

존 내 추 해

망가져 간다.

나는 성공했다.

결국 '나'를 나락으로 떠미는데 성공했다.

나의 승리는 예견된 것이었다.

예전과 같은 발상.

하지만 같은 방법은 아니다.

훨씬 더 교묘하고 잔인하게

내가 세상에서 가장 싫어하는

'나'를 죽이고야 말겠다.

반드시.

이것은 서막에 불과하다.

166 20070513

있잖아

나도

이제

행복해지고 싶어.

하지만

잊어버렸어.

나한테 남은건

비극

비극

비극으로의 길.

그것뿐이야 이제.

그것뿐이야.

스스로 없애버렸어, 희극이라는 존재 따위.

나는, 언제나 비극만을 찬양해.

그 안에서 행복따위 바란다는 건 모순이야.

있을 수 없어.

내가 만들어 온 길이야.

이제 가야 해.

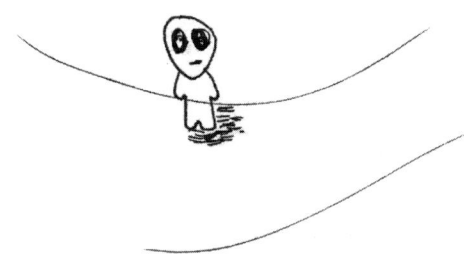

167 20070518

떨림.

그 원인은 무엇일까.

스스로 만든 어둠에 갇힌 불완전한 그 무엇.

진정이 되질 않아.

238 침묵의 노래

나는 겁쟁이야.

새로운 시도를 두려워하지.

제길.

스크래치 없이 살아가는 것은

무의미한 것이라는 걸 잘 알면서.

아무 일도 일어나지 않고

고민도, 슬픔도, 고통도 없는 평탄한 내 삶에 질려서

스스로에게 상처입히는 짓도 했으면서.

왜, 뭘 두려워하는 거야?

비극, 내가 항상 꿈꾸는 거잖아.

희극으로 가면 좋은 거고

비극으로 가도 나쁠 거 없잖아?

바라던 거니까.

갑자기 가슴 한 켠이 아린다.

169 20070529

요즘 나는

뇌 반쪽을 두고다니는 것만 같아.

정신.

어디로 간거지

170 20070618

인간은 나의 휴식처이자 피난처가 될 수 없다.

인간은..

그래

말 없는 넷 상의 빈 공간아.

말 없는 종이들아.

말 없는 펜들아.

내 위로가 되어다오.

나는 사랑 없이 살 수 없는 인간이다.

끊임없이 갈구하고 욕망하지.

나는 고통 없이 살 수 없는 인간이다.

끊임없이 갈구하고 욕망하지.

나는 호의적인 태도에 상처받는 인간이다.

끊임없이 거부하고 도망치지.

나는 적대적인 태도에 상처받는 인간이다.

끊임없이 거부하고 도망치지.

나는
어떤 인간인가.

아무도 이런 나를 품을 수 없었다.
혈연이든 인연이든
아무도.
심지어 나조차 나를 품지 못하는데.

기대는 이미 버린지 오래.

하지만, 쓰린 마음은 쉬이 가시지 않는다.

듣자하니, 인격장애는 스스로 인식이 가능하다고 했다.
뇌기능의 문제라 약물치료를 해야 한다고 했는데.
증상이 같더군.

하지만 그 '같다'는 느낌 역시 믿을 수 없다.
사람은, 무엇을 읽으면
그 내용이 어떻든 자기 자신을 대입해 합리화시키는
가히 쓸데 없는 능력을 가지고 있기에.

단지

지금 내 스스로 짊어진 짐의 무게가 너무 커

그 원인을

뇌기능의 문제 탓으로 돌리고 싶은

나약한 내 모습을 다시 한 번 발견했을 뿐이다.

그래.

난 미쳤지만 미치지 않았다.

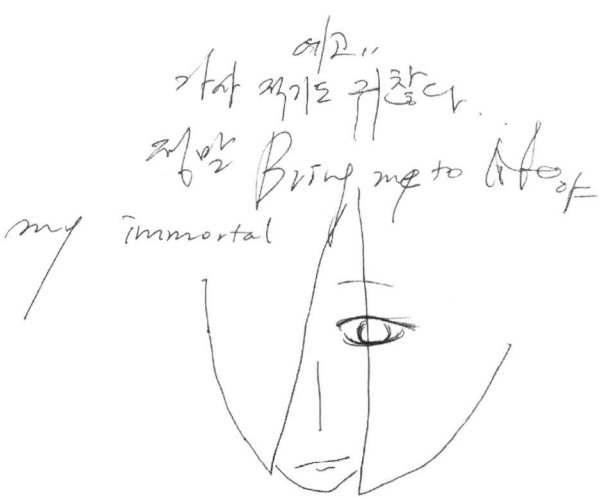

클릭.

클릭.

또 클릭질.

부질없는 짓.

그냥

아무런 목표물도 이유도 없다.

바탕화면 곳곳을 그저 클릭. 클릭.

나 정신 어디다 두고 있는거냐..

√ ¯-¯?? Bier
비어 오타
아닌가..
달걀들인가? ㅋㅋ
그랬군ㅋ

오늘 밤은 어떨까.

. . . .

존재의 상실.

비현실적 시선.

내 눈은 무얼 보고 있는가.

내 손은 무얼 하고 있는가.

붉다 못해 내 마음처럼 검은

그것을 또 다시 탐하는가.

나는 오늘 너무나도 울고 싶었다.

그래서 집에 돌아오는 길에 버스에서 쥐어 짰다.
눈물을 마구 쥐어 짰다.
나오지 않는 눈물을 짜내려
눈을 후벼 팠다.
그렇게 또다시 나를 학대했다.
각막염의 아픔을 누구보다 잘 알고 있으면서도.

그래.
다른 이들의 말대로
이런 일은 누구나 겪는 일이다.
누구나 아프다.
누구나 괴롭다.

하지만 나는 견딜 수가 없다.
나는 약하다.
내가 너무나도 잘 알고 있다.
쪽팔릴 만큼 약하다.

사람이 누구나 그 아픔을 겪는다 해도

그들은 그들이고

나는 나다.

그들이 겪는 아픔은 그들 자신만이 알고

내가 섣불리 이해하고 느낄 수 없는 것이다.

섣불리 "저건 내 아픔보다 아니야"라고

판단할 수 없는 것이다.

왜냐하면

나는 나이고

그들은 그들이기에.

우리는 근본적으로 다르기에.

자라난 배경과 경험이 다르기에.

우리는 같을 수가 없다.

그래서 비교 대상이 될 수가 없다.

자신만 아픈 것이 아니다.

하지만

내 아픔은 스스로에게는 가장 큰 것이 될 수밖에 없다.

나는 다 안다.

너무나 잘 안다.

차라리 알지 못했으면..

차라리 무지했으면..

이 정도로 괴롭진 않을 것이다.

나도 이 정도 일 가지고 괴로워 하는 게 싫다.

하지만 좋다. 만족스럽다.

내가 지금까지 은근히 유도한 대로 이루어진 것이 아닌가.

이런 나를 나는 견딜 수가 없는 것이다.

나를 섣불리 이해하고 충고를 하거나 하려 하지 마라.

오히려 내겐..

큰 타격이다.

오히려..

나는 약한 인간이다.

인정하지 않을 수가 없다.

내 친구가 나를 부를 때 쓰는 그 이름
"순둥이"
나는 그것을 거부할 수가 없다.
그것은 결코 칭찬이 아니다.
하지만 거부할 수가 없다.
나는 나를 너무나 잘 알고 있기 때문에.

이게 뭔가.
미치려면 곱게 미치던가.
살려면 제대로 살 것이지.
가운데 끼여서
이게 뭔가.
괴롭다.
이게 날 너무 괴롭힌다.

나는 남과 다르다.
그것만은...

확실하다.
난 남과 다르다.

남에게는 긁힌 상처에 불과해 보일지라도
나는 심장에 타격을 줄 만큼 굉장한 상처다.

아. 슬프다.

174 20070621

객관적으로 안정된 환경이라 해도
언제나 행복이 따르지는 않는 법.

행복해야 마땅한 상황이나
행복하지 않을 수도 있다.

나는
배부른, 하지만 빈곤한 인간이다.

뇌와 육체의 괴리감.

175 20070705

잘한 것일까..?

과연 내가 잘한 거 맞는 걸까?

나도 잘 모르겠어.

어려워

그냥 역시

혼자가 편한데.

하지만 사람이란 동물이 참 알 수 없는 것이라

바로 인간이 그리워지기 마련인 것을.

인간으로 태어난 건 역시나

축복받은 게 아닌 것 같아.

축복을 가장한 벌.

인간이란

따지고보니

태어날 때부터 가식이구나.

현실과 타협하기로 했다.

아직은 더딘 진전.

그래도 진전하고 있다는 것에 의의를 두겠다.

어쨌거나 나는 머물러 있지 않으니까.

속도가 빠르다고 해서 무조건 좋은 것이 아니야.

인생에 '속성반'이란 것은 존재하지 않는다.

아니, 존재해서는 안 된다.

설령 존재한다 하더라도 그것을 통하지 않으리라.

나는 내 마음이 만족하는 그 방향으로 가리라.

그 끝에,

세상에서 말하는 성공 혹은 파멸이 있다고 하더라도

그 방향으로 갔다면 후회하지 않을 것이기에.

후회하지 않을 자신이 있기에.

아니, 후회해서는 안 된다.

만약 그 때에
마음 가는 대로 행동할 수 있는
능력이나 배경이 주어졌었고
그렇게 했다면
나는 지금쯤 다른 길을 걷고 있겠지.

하지만
그런 전환이 없었더라면
나는 지금의 인연들도
지금까지의 추억들도
모두 다른 무언가로 대체되어 만나고 겪을 수 없었겠지.

그것에 위안을 받는다.

다수에게 비난을 받고 소수에게 위안을 받으며 살아온
'나'이지만
내게 존재 자체만으로도 위안이 되어 준 사람들이
한 명이라도 있기에 나는 후회하지 않겠다.
그들과의 추억을 생각해서라도 나는 후회하지 않겠다.

공부를 안 한 것,

성대결절에 무너져 성악을 하지 않은 것,

선생님이 무서워서 피아노를 그만 둔 것,

연극부를 나온 것,

수학을 포기한 것,

영어를 포기한 것,

어리석음과 자만함 때문에

일찍 우물 안에서 벗어나지 못한 것,

친구를 잘못 사귀었던 것,

음향 엔지니어 공부를 위해

독일 유학을 가겠다고 했으나 포기한 것,

이 외의 많은 것들도 모두

지금 이 순간부터 후회하지 않겠다.

과거를 후회하는 건

현재와 미래를 바라보지 못하고 멈춰 있는 것.

과거를 조금 뒤돌아 보는 것은

자아성찰이 될 수 있으나

과거에 젖어 앞을 바라보는 것을 잊는다면
고장난 시계와 같은 꼴이 될 것이다.

고장난 시계와 사람의 다른 점이라면
고장난 시계는 약을 갈아 끼우고
제 시간으로 맞춰 놓으면 되지만
사람은 그 자리에서 그대로 가야 한다는 것.

계속 전진한 사람보다 뒤쳐져서 가야 한다는 것.

(물론 시계바늘은 일정한 속도로 가지만 사람은 그 사
람의 역량과 노력에 따라 속도가 천차만별이다.)

절대, 잊지 말아야 할 오늘의 깨달음.

177 20070909

여백의 美

지금 내 마음속엔 여백이 없다.

아니, 그림이 없다.

178 20080331

가끔
내가 존재한다는 사실이
참을 수 없을 때가 있다.

내 안에
괴물 있다?

179 20080402

이유가 뭐가 되었든
고개를 처박고 있다 보면
다시 고개를 드는 것이 두려워진다.

180 20080609

난 나 같은 인간이
제일 싫으면서도 좋아.
좋으면서도 싫어.

181 20090721

말로 표현할 수 없는 공허함.

182 20091116

오늘은
옛 감정이 새록새록 떠오르는 날.

새삼스레 이런 밤이 종종 있다.

자꾸
떠들게 되고
그러다
허무해지고
갑자기
작아지고

난
무엇을 갈망하는가.
인정하고 싶지 않고
확신이 생기지도 않지만
. . .
뭐 그냥 그렇다구.
그냥 이렇다구.

난생 처음으로
과거의 내가 겪었던 일들이
차라리 사라졌으면
하는 생각이 들었다.
과거의 내가 없었다면
지금의 나도 없었으리란 걸 잘 아는데도
내 가슴은 그렇게 말한다.
그것이 내가 아니었더라면
그것이 네가 아니었더라면.

현재에 만족하면서
과거를 부정하는 것은
완벽한 모순이다.
그걸 알면서도
역시 내 가슴은 그렇게 말한다.

......

정말
후회하지 않겠다는 다짐이..

이렇게도 지키기 어려운 것이었나.

지금까지 흔들리지 않았던 그 다짐이

지금... 처음으로 흔들리고 있다.

......

따지고 보면 그렇다.

지나간 시간에 기록된 나의 모습들.

그것을 통해 일구어 낸 결과물이

고작 이것인가?

이것이 시작이었다.

일은 이미 한참 전에 끝냈지만

잠을 이룰 수 없게 만드는

무거운 고민들.

머리와 가슴의 불협화음..

제어할 수가 없다.

머리는 지시하지만 가슴이 따를 수 없다 말한다.

나는 나의 과거를 결코 사랑할 수가 없다.

결코..

184 20100408

애초에 희망 따위 없었던가?

185 20100409

기다림

시간과 반비례하는 희망.

기다림의 끝은 어디일까.

내 안의 어떤 이름 모를 부품 하나가 고장난 듯.
자꾸만 뭔가를 잊어버리고 흘리고.

어제만 해도 강의실에 우산 두고 와−
벤치에 학교 도서관 책 두고 와−
학교 도서관 서가에 텀블러 두고 와−
그저께는 버스에 우산 두고 와−
(내리자마자 다시 타서 가지고 내렸지만)

다행히 바로바로 생각나서 다 찾아오긴 했지만
요즘 왜 이러는지. 뭘 들고 다니지를 못하겠다.

무언가
잊어버린 느낌.
고장난 느낌.
마비된 느낌.

뭘 어디다 두고 온 걸까?

나 뭐하니 지금

멀뚱멀뚱

컴터 할 것도 없으면서

(실은 일해야 되긴 하지만 하기 싫어.)

왜 키보드에서, 마우스에서

손을 못 떼고 있니?

왕한심.

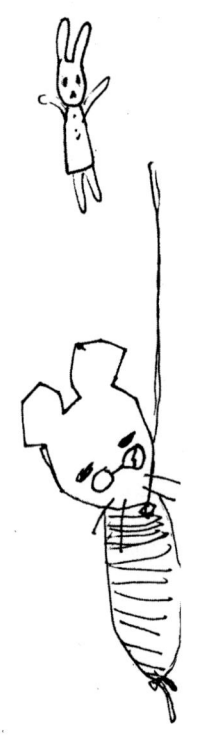

지루하고 단조로운 반복.
그 때의 그 느낌이다.

태양은 도망쳐버렸지만
여전히 다채로운 풍경.
꽃이 뭉게뭉게 피었다.

문득
저 풍경이
흑과 백으로만 이루어져 있다면 어떨까 하는 생각이 들
었다.

현재와 별 차이가 없을 것 같다.

지루하고 단조로운 반복.
그 때의 그 느낌이다.

태양은 도망쳐버렸지만
여전히 다채로운 풍경.
꽃이 뭉게뭉게 피었다.

문득
저 풍경이
흑과 백으로만 이루어져 있다면 어떨까 하는 생각이 들
었다.

현재와 별 차이가 없을 것 같다.

190 20100518

나란 인간은
정말 왜 이리 꼬인 걸까

191 20100818

난 인내심이 짧은 사람
그리고 그에 못지않게 비관적인 사람
그러니까
비극적 결말을 바라는 것이 아니라면
시험하려 하지 마라.

거듭 반복되고 있는 느낌.

다양한 감정의 결여.

사고의 단순화.

형언할 수 없는 무언가에 대한 상실감.

인정하긴 쉽지 않지만

가끔씩 남들처럼 한 번 쯤은 뜨거워져 보고 싶다.

단조롭고 잉여로운 생활이 시작될 즈음이면

언제나 초조해진다.

내 안 깊숙이, 심연 아래에 숨겨둔 그것이 다시 튀어

나올까 봐.

193 20110218

눈꺼풀이 망가진 셔터문이 되어

자꾸만 주저앉으려 한다

아

눈가 근육에 힘주는 것도 힘겨워 ㅜㅜ

망할 아르바이트.

김선영은 3년 동안 30여 권의 본문 편집 디자인을 했다.

194

차라리 나에게 총과 실탄을 다오
무기력한 이 젊음을 겨냥하고
마침내 과녁이 찬란히 부서질 때
내가 살아있음을 느낄 수 있도록

세계와 우주를 꿈꾸던 소년은
이제 나만의 신용불량자
나만의 잘못은 아니야
그래도 갚아 주겠어 쪽팔리니까

언젠가는 나 역시 다 받아들이겠지
나만 혼자 살 수는 없으니까
모두들 다 그렇게 살다가 죽어갔데
그저 이 땅이 살아 남을 수 있도록

-길동전쟁 2 중-

요즘 가장 귀에 쏙쏙 들어오는 노래

195 20110227

숨

숨이 턱턱

아무도 해결해 줄 수 없는 나의 고민

작아지다...

자녀가 사랑스러운 20가지 이유

(4 조) 아버지이름 (김승태) 자녀이름 (김선영)

1. 첫째 딸로서 엄마·아빠 챙기고 동생들을 잘 챙긴다.
2. 어려운 문제들을 풀어낼 때마다 "난 짱이니까, 반 천재니까" 하고
3. 친구의 학업이 건강과 예의 바른 세움 때. (자신만만해 할 때)
4. 재비가 든 밖의 유럽여행 하겠다고 열심히 일한다.
5. 아빠가 시키는 일 잘 해낼 때
6. 호기심이 많고 추진력이 있다.
7. 인간 관계의 폭이 넓다.
8. 돈안 이를 열심히 하며 유럽 명소에 대하여 해박하다.
9. 허영끼가 없고 소탈하다.
10. 아빠가 어려울 때 직면했을 때 따뜻한 손으로 위해
11. 음악, 뮤지컬, 연주, 영화 등에 대하여 풍부한 상식
12. 노래를 잘 부른다.
13. 매사에 적극적이다.
14. 기성 세대에 대하여 분노하고 비판적이지만 대안을 생각한다.
15. 창의 성이 있다.
16. 매사에 명확하다.
17. 모든편 (비위서) 허득한다.
18. 정보 수집(능)이 강하다.
19. 어어 (그능)이 있다.
20. 아빠를 잘 이해해 준다.

아버지는 너에게 이러한 소망을 가지고 있단다.

하나님 바로 믿고 하나님의 축복과 인도하심 아래
네가 하고 싶은 것 마음껏 하고 살아라.

두란노
아버지학교운동본부
DURANNO FATHER SCHOOL
TEL. (02)2180-4100 FAX. (02)1659-4230

제9장 시간이 남기고 간 파편들

Selbständig

liebesbedürf

Gold $n.-(e)s$

les Golds

Goschen

196 20070206

내일 졸업식이네

꺼이꺼이

별로 정 안 든 학교여 안녕

불안했던 고딩 생활을 마치고

더 불안할 것 같은 대학 생활을 시작하는구나.

아이고

대인공포증

미치겠다.

ㄷ ㄷ

ㄷ ㄷ ㄷ ㄷ

197 200705231854 휴대폰 메모

찢어진 구름 사이로 빼꼼히 보이는

갇혀버린 해가 안쓰럽구나

희미한 빛 한 줄기 남기고 침몰하는구나

내일 하루는 볼 수 없으리라

하지만 모레 더욱 빛을 발할 너를 기다리며

나는 설레는 마음으로 비바람을 맞으련

198 20070726

스스로 조각내어 버렸던

기억의 파편을 무심코 들여다보고 말았다.

그것은 나에게 있어

판도라의 상자와 같은 것.

전처럼 못 견딜 정도는 아니더라도

그냥.. 착잡하다.

ㅎㅎㅎㅎㅎㅎㅎㅎ...

헛웃음만 삼키게 되는 구나.

199 20070903

이렇게 은근히 시간이 없다니

휴 바쁘다.

이상도 하지.

정신없이 바쁠 땐 여유로움이 그립고

여유로울 땐 정신없이 바쁠 때가 그립고.

도대체.

ㅎㅎ

200 20070928

바빠?

근데 뭘 하느라 바쁜 거지?

거참.. 하는 거 없이.

이런 뭔가 남는 게

아무것도 없는 느낌

싫어.

알겠다, 네 기분.
남들은 달려가는데
멈춰 서 있는 기분

오묘한 건
멈춰 서 있는 것 또한 내 선택이라는 거야.

하지만
기다려.

난 남은 1년간
너희들이 할 수 없었던 것들을 해 볼테니까.

뭐..
시작한 지 얼마나 됐다고 이런 기분이 드는지 ㅋㅋ
웃기기도 하지.

아직 시작이야.

202 20081201

휴학 후유증

몸은 살찌고
정신은 수척해진다.

203 20090505

아!

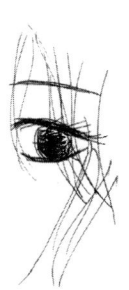

용기가 사라진다.

웃긴다, 이런 내 자신이.

더러워 ㅅㅂ

내가 가장 싫어하는 인간이 되고 있어.

204

아침 11시 취침

밤 11시 반 기상.

새벽 3시

이제 잔다.

완전 뒤틀려 버린 일상.

무엇을 했지?

지난 2년간
난 행복했던가?

아니,
그런 기억은 없다.

그럼
불행했던가?

아니,
그런 기억도 없다.

되짚어 봐도 무엇을 하고 무엇을 느꼈는지
기억이 안 난다.

아아, 참 어처구니 없게도 살아 왔구나.

206 20100411

정적인 상태를 참을 수가 없다.

무언가

위태로운.

207 20100416

너처럼

나의 시간도

잠시나마

멈췄으면 좋겠다.

208 20100417

잔인한 시간.

209 20100710

방학은 잉여짓의 시작

걍 개학했으면 좋겠다.

210 20100812

멍청해지고 있다.

단조로운 일상이 나를 멍청하게 만드는듯..

…이라고 말하는 것조차 핑계겠지. ㅎㅎ

에잇

이런 잉여정신 따위 사라져랏!

211 20100815

푸른 날이

전보다 자주 찾아오네.

212 20100927

연휴동안 레알 그리웠던 일상을 찾았구나.

흑흑

역시 바쁜 게 최고야.

213 20110324 휴대폰 메모

휴학 2년 이미 했던 데다 이번에 병나서

3년째 휴학 ㅜ

그래서 복학하면 3학년 찌끄래긴데 ㅋㅋ

졸업 언제 하나여 ㅜ

07학번인데 ㅜㅜㅜㅜ

제10장 슬프다 대한민국

아

수준 차이나 ㅅㅂ
사회 돌아가는 꼴이나
여론 돌아가는 꼴이나
좀 알고 말하지?

맨날 싸이질만 쳐 해대고
친구들이랑 희희덕 거리고
메신저만 해대니
뭘 알리가 있나.

이러니 한국 미래가 어둡지.

어찌 이 나라를 이끌어갈라고-_-

하하하하하하하하하하

피눈물 난다. 진짜....

큭큭큭큭

이런데도 우릴 욕해?

어? 우리한테 뭐라 해?

ㅅㅂ ㅠㅠ 서러움에 눈물이 난다
외로움에 눈물이 난다
시민들의 의로움에 눈물이 난다
부끄러움에 눈물이 난다
후회감에 눈물이 난다
미칠듯한 분노 덕에 눈물이 난다

슬프다...

힘든 싸움을 하고 있는 촛불을 든 국민들이나...

조중동 때문에 세뇌된 국민들이나...

당장 먹고 살기 힘들어서

정치같은 데에 쉬이 관심을 둘 수 없는 국민들이나...

자신들하곤 상관없다고 외면하는

좀 잘사는 듯 보이는 국민들이나...

양심에 반하는 짓을 해야만 하는

전의경을 비롯한 국민들이나....

양심에 반하는 짓을 하면서도 자신들이 하는 일이

어떤 일인지 인식도 못하고 있는

알바들을 비롯한 국민들이나...

아직도 갈등하면서 뭐가 옳은건지 그른건지

헤매는 국민들이나...

술이나 쳐마시고 쳐 놀기나 하는 대학생들을 비롯한

죽은 지식인들이나.... 후..

한도 끝도 없겠구나....

정말 슬프다, 대한민국...

217 20080826

사람들이

보다 풍요로워지니까

자신들이 무엇을 빼앗기는지

현 상황이 어떤지

진실이 무엇인지

관심조차 없다.

정말 바보들..

지금 당신네들이 알고 있는 진실에

조금도, 의심을 해 보지 않는가...

정녕 피부로 와 닿아야만

피를 봐야만

느낄 것인가..

218 20080908

먼저 삼가 고인의 명복을 빕니다.

오늘 속보가 떴지. 약 한 시간 전에.

탤런트 안재환 씨가 자살했다는.

사업도 실패하시고 정선희랑 불화설도 나고...

힘드셨겠지...

여러 루머에도 시달렸다고 하고....

각자가 가진 짐의 무게는 그 누구도 감히

누가 더 가볍다 무겁다 잴 수 없지만

남은 사람들을 위해서 조금만 더 힘내 줬으면

좋았을 걸..

항상 자살의 가장 큰 원인은 지독한 외로움이다.

나는 물론

솔직히 다수의 사람들이

진지하게 자살 충동을 느껴 본 적이 있을 것이다.

안재환. 그도 얼마나 사람의 손길을 그리워했을까.

얼마나 외로웠을까.

292 침묵의 노래

며칠째 방치된 차 안 뒷자석에서
시신으로 발견되었다고 하지..
그리고 그 전에 거의 일주일 넘게 가출해 있었다지..
지인들은 뭘 했누?
사소한 무관심이 그 무관심을 직접 느끼는 사람에게는
엄청난 절망으로 다가올 수 있다.
또 한 명의 아까운 사람이 이렇게 갔다.

근데....
ㅅㅂㅃ 이 미친 염병할 병신들은
그런 기사 댓글에까지
뭐 촛불 좀비가 사람죽였다?
고인의 죽음을 이용해?
지금 그게 할 짓인가?
솔직히 그 당시 정선희가 했던 발언은
충분히 문제적이었고
다수의 사람들에게 비난을 면치 못할
그런 행동이었다.
공인으로서 공적인 자리에서, 방송에서,
그것도 라디오 생방송에서

그런 민감한 사안을 생각 없이 내뱉었다는 것부터
욕 먹을 만한 일이었다.

정선희에겐 미니홈피가 없었던 탓에 일부 네티즌들은
대신 그 남편인 안재환의 홈피에 비난글을 올렸지.
그리고 안재환 역시 정선희를 대신해
짧은 사과글을 남겼다.
그런데 정선희의 행동은 어찌했던가?
자신이 무슨 실책을 저지른 것인지
깨닫지도 못하고 있었다.
그에 이어서 일부 네티즌들이 불매운동을 했었나본데
(난 솔직히 금시초문이다.)
그게 그렇게 큰 여파를 가져오진 않았을 것이다.
아고라에서 매일 사는 나도 몰랐을 정도면
상당히 미미한 움직임이었을 것으로 추정된다.

물론 그런 네티즌들이 우리 촛불의 일부이고
아주 책임이 없다고 할 수는 없다.
하지만 지금 댓글이 올라오는 것처럼
"촛불이 사람 하나 죽였다."

"아고라 한 건 했구나?"
이런 식의 발언은
아니다.
진짜 아니다.

듣는 촛불 기분 나빠서 하는 말이기도 하지만
(어쨌든 난 촛불 든 사람이니까.
지난 필리핀에서 목사님들과 일가족 교통사고 사망 기
사에도 개념 떠나보내 네티즌들이 "천당 가서 좋겠네"
하고 비아냥거리는 기사에도 발끈한 바 있다.
그때도 얼마나 뉴스 기사 댓글로 싸웠던지.)
고인의 죽음 앞에
위로는 못할망정
이게 뭐냐?
나 진짜
이 나라 사람들의 인간성에 질렸다.
기본이라곤 정녕 없는가?

그들은 자신들을 알바라고 치부하는 아고리언들을
흑백논리라 하면서 비난한다.

그네들과 다른 의견을 가지고 있으면
추방당하는 곳이 아고라라고.

하지만
왜 알바라고 불리는지
그 이유부터 생각해 봐야 할 것이다.
자신들이 쓴 글을 조금만 더 되돌아봐도
왜 알바 소리를 듣는지 알 수 있을 텐데 말이다.

물론 촛불 쪽에도 개념을 풀어 놓은 것 같은 사람들이
있긴 하다.
난 그런 사람들을 무조건 촛불이라고 옹호하지는 않는다.
정치, 사회, 경제적 의견이 어떠냐와
네티켓, 토론 문화는 다른 문제이기 때문에.

다른 의견은 받아들일 수 있다.
하지만 앞뒤 분간 없이 무작정 비난하는 것은
받아들일 수 없다.

자, 그네들은 왜 알바라고 취급을 받는 것일까?

이제는 알 수 있겠지.

할 말이라곤 그저 색깔론, 촛불 좀비.

그 두 단어밖에 없는 듯하다.

아, 또 하나 있구나.

노빠.

반대로

우리는 왜 좀비라는 말을 들어야 하는가?

왜 빨갱이라는 소리를 들어야 하는가?

왜 국가체제전복세력이라는 소리를 들어야 하는가?

도무지 모르겠다, 나는.

안재환 씨의 죽음에 관한 기사에 달린

'알바'인 듯한 인간들의 댓글을 보면

가관이다.

마치, 이런 기사가 나오기를 기다렸다는 듯 덤벼든다.

나 진짜 대한민국

너무 싫어진다.

대한민국 남자들은 군대가 다 망치고 있는듯

ㅡ_ㅡ

군대를 가고 안 가고 뭐 그런 것에

진짜 이상하리만큼,

무슨 강박증 걸린 것 마냥 무섭게 달려든다.

군대 실태를 적나라하게 보여 주는

폭행 실태를 보여 주는,

인권이 무시되는 것을 보여 주는

만화라든가 글이라든가 사진 같은 게시물 댓글에는

"그저 캐공감

옛날 생각나네요.

나 때는 ~~~~했었는데

저는 어디 부대 소속이었습니다. 저흰 더 심했어요.

저건 약과임. 어쩌구 저쩌구."

인간들이 폭력에 길들여졌어.

그러니까 남자들 대부분이 욱하면 손부터 올라가지.

우리네 아버지상들만 봐도 그렇잖아?

난 여자라 잘 모르겠지만
무슨
"난 군대 다녀왔다."
이런 걸로 우월감에 젖어 사는 일부 남자들 보면
그저 찌질함에 쩔은 모습에 실소를 감출 수가 없다.
어우 답답해.

자기네들이 후임 때 맞고, 선임 되면 후임 때리고
그런 게 자랑인가 -_-
어떤 경우에도 폭력은 용납되지 않는다면서.
군기 잡을 때는 필요해?
폭력을 가하는 이유도 참 어이 없더만.
난 정말, 미디어 다음에서 노병가라는 만화 읽고
댓글들 보고 남자들 캐실망.

아주 자랑스러워하더라 ㅉㅉ...
신기한 건
아무도 바꾸려고 하지 않는다는 거야.

이미 당연한게 되어버렸어.

정신력을 키우기 위해서 군대에서 그렇게 혹독하게 한다?

요즘 군대가 해이해져서 젊은이들 자살률이 높아지는
거다?

헛소리하고 자빠졌네.

군대만큼 폐쇄적인 곳이 또 있을까?

군대에서 그딴 식으로 취급 받고 몸에 배고 하니까

마초들도 늘어나고(마초는 진짜 병신 중의 캐병신)

못 견디는 사람은 자살도 하고 그러는 거 아니냐

약한 게 죄냐?

그냥 무작정 몰아붙인다고 사람이 강해져?

병역의무에 대한 제도는 아예 뿌리부터 바꿔야 할 듯.

그 전에 썩어빠진 남자들

정신상태부터 다시 고쳐 줘야겠다.

220 20081111

慾心

굴복되선 안 된다.

또다른 광기..
"'든.,

그래 나도에 미쳤다.

나라가 혼란스럽다.

용산 참사..

정말 끔찍한 일이었다.

이곳이 도저히 내가 태어나고 자라고

앞으로도 살아갈 곳이라는 게 믿기지 않는다.

잔혹한 현실.

세상은 돈의 섭리로 돌아간다.

없는 자는 그냥 닥치고 개죽음이다.

나는 전철연 같은 거 모른다.

그래, 전국 철거민 연합.

전문 시위꾼이 있는지 없는지 그런 것에는 관심 없다.

．

그들의 목적은 보상금이 주가 아닌

단지 철거를 하면 당장 수입원이 사라지게 되니까

임시 상가 자리를 달라는,

즉 생존권을 보장 받으려는 것이었고

살기 위해 옥상으로 올라갔던 사람들은

그렇게 죽어서 내려왔다.

명박이가 그랬었지, 아마?

공약으로 "무주택자를 임기 내에 없애겠다."고.

그래, 정말 '없앴구나.'

죽여서 말이지..

생각해 보자.

정부에서 우리 가족에게 1,500만 원 줄 테니

이 집에서 나가달라고 한다면?

나는 어땠을까?

아마 그들과 똑같이 행동했을 것이다.

2억 이상의 돈을 들여 생활의 터전을 잡은 사람에게

(소시민에게 이런 돈이 있다는 것은

흔하지 않은 일이고 주로 은행에서 빚을 지지.)

딸랑 4인 가족 기준 1,400만 원을 주면서

나가라고 하는 것은,

합의하지 않을 경우 용역이나 경찰을 불러

강제로 쫓아 내는 것은,

아무리 생각해 봐도 상식 밖의 일이다.
권력의 남용, 그 이상도 이하도 아닌 것처럼 보인다.

화염병을 가지고 말들이 많은데
화염병은 저항의 상징이라고 해도 과언이 아니다.
광주 때도 그랬다.
그때 화염병으로 정부와 투쟁을 벌였던 분들 덕에
우리가 이 정도나마
민주주의를 누리며 살 수 있는 것이다.

경찰은 법적으로 때에 따라 폭력을 사용하는 걸
허가받은 집단이다.
비난 경찰뿐만이 아니긴 하지만...
반면 우리는 뭔가.

화염병은 마지막 선택이다.
가장 극단적이지만 가장 효과적으로 우리의 목소리를
저 멀리까지 들리게 할 수 있는 방법.

확실히 이번 참사 이후로

철거민들에게 보다 유연하게 적용되는 방안을
검토 중이라 하지 않는가.
(이 정부는 구라를 하도 쳐서 별로 믿음은 안 가지만
말이다. 그게 어딘가!)

더러운 윗대가리들 때문에 애꿎은 사람들만 7명이나
목숨을 잃었다.
철거민 6명, 경찰 1명.
부상자는 철거민, 경찰 모두 합쳐 수십 명.

끔찍한 비극이다. 이게 뭔가 대체...
경찰도 국민이고 철거민도 국민이다.
법은 만인에게 평등하다고 하는데
작금의 법은 부와 권력을 가진 이들에게만
유리하게 적용되는 추세다.

정의의 여신상을 아는가?
정의의 여신상은 한 손에는 칼을, 한 손에는 저울을 들
고 있다.
그리고 눈은 천으로 가리고 있다.

칼이 의미하는 것은 법의 엄중함이고
저울이 의미하는 것은 다들 예상하다시피 법의 공정성
이다.
그리고 눈을 가리고 있는 이유는
감정에 치우치지 않고 선입견 없이
옳고 그름을 판단하라는 것을 강조하기 위해서이다.

그런데 우리나라의 정의의 여신상은 조금 다르다.
대법원에 가보면 눈은 살짝 내리깔고
한 손엔 저울, 한 손엔 법전을 든 여신상이 있다.
눈을 떴더라...
희한하다.
우리나라의 현실과 너무도 흡사하지 않은가...

솔직히 내 생각엔
우리나라는 다른 건 다 없고
그저 칼만 들고 있는 것 같다.

이번에 경찰이 죽은 거..
사람의 생명은 누가 더 귀하고 못하고를 따질 수 없는

너무나 무거운 것이기에

감히 뭐라 말은 못하겠지만...

사람은 생각할 수 있는 동물이기에

다른 동물들과 구분된다.

양심의 주체다.

그런데.. 그것을 포기한다는 것은

사람이기를 포기하는 것과 다를 바 없다고 본다.

스스로 심장을 도려내는 것처럼...

생각하지 않는 사람은 다른 동물들과 다를 게 없다.

그 경찰이 양심을 따랐다면 죽지는 않았을 텐데..

(양심조차 마비되었다면 뭐 할 말이 없다.)

직장을 내려 놓는다는 것은

너무나 어려운 결정이 자명하다.

하지만.. 불가능한 것은 아니다.

어쨌든 모든 일의 결과는 누군가가 시켜서가 아닌

개개인의 선택에서 비롯된다.

그러므로 책임도 개인이 져야 한다.

실례를 들자면

안기부에서 상부에서 내려온 명령에 의해
한 사람을 고문했던 직원이 있었다.
고문당한 사람이 죽었는지 살았는지는 정확히 기억이
안 난다.
어쨌든 고문당한 사람의 가족들이 그 직원을 고소했고
결국 가족들이 승소했다.
이 판결만 봐도 위에서 말한 바를 이해할 수 있을 거라
생각한다.

사람들이 항상 현실적으로, 현실적으로를 강조하는데
내 생각엔
이상이 없으면 현실도 없다.
과거 사람들이 그들의 이상을 현실화하려 노력했기에
지금이 있는 것이다.

그리스에서는 한 명이 죽었음에도 폭동이 일어났는데
왜 대한민국은 7명이 목숨을 잃었는데도 이렇게 조용
할까..

가끔 나는 우리나라 국민들은

독재 정권을 더 편하게 여기고 있지 않나 하는 생각을

한다.

지금의 우리 국민들은 스스로 민주시민으로서의

권리와 역할을 포기하고 있는 듯한 모습이다.

민주주의가 아직도 낯설은 걸까...

자신만의 미래만을 꿈꾸며,

마치 녹내장을 앓고 있는 사람처럼

시야를 좁히고 있다..

관심도 없다.

그저 그들의 관심은 어떻게 하면 출세할까

돈을 벌까

어떤 옷을 살까

어디서 누구랑 어떻게 놀까

뭘 공부할까

뭐 이런 것들 뿐이다.

결국은 다 자기 자신만을 위한 것.

그러는 사이에 자신의 옷에 불이 붙어버린 것도 모르고

나중에는 산화하고 말겠지..

..통탄하다.

심장이 없는 사람이 판치는 이 세상이.

눈물 흘리고 분노할 줄 모르는 이 세상이.

그저 만사 귀찮다고 순응해 버리는 무지함이...

..생업 때문에 바쁘다 어쩌다

다 핑계다..

나조차도 핑계를 대고 있다..

그건 방관자들의 자기합리화에 불과하다...

하지만 난 29일 이후에 다시 거리로 나설 것이다..

작지만 내 목소리를 그들과 함께 섞으러..

1년이 지났다.

달라진 건 아무것도 없다.

그 후에도 용산 같은 참사가 일어났고

초딩보다 개념 없는 윗대가리들은 여전히 코웃음치며

구경 중이다.

사람들이 조금만 노력하면 진실을 볼 수 있을 터인데

이 정권은 그런 의지마저도 꺾어버린다.

이것을 그들이 바랐던 것인가.

'무력화'.......

나같이 열정적이었던 인간도 무력화시켜버리는...

그런 면에서는 참 능력 있는 정부다.

미친...

욕할 가치도 없는 정부.

이런 글 쓰면 우리 집에도 들이닥치려나?

애초에 야간 옥외 집회가 금지되어 있다는 것도

아이러니다.

학업, 생업 다 포기하고

아침이나 낮에 집회를 열라는 건가.

개념 상실한 법이다.

왜 항상 사람들은 원인보다는 결과만을 보려고 할까?
귀찮아서?
한심하다.
무엇이 이런 행위를 하게끔 만들었는지를
생각하지 못하고
이런 행위로 인해 벌어진 일들만을 본다.
용산도 마찬가지다.
역시 한심하다.

또 이렇게 한탄하고 있는 나를
사람들은 한심하다고 비웃을 것이다.
두 가지 부류겠지.
한 부류는 지 앞가림이나 쳐 하라고,
오지랖도 넓다고 비웃을테고
또 한 부류는 이렇게 망연자실하게
그저 절망만 하고 있는 나를 비웃을 것이다.
후자는 용납하고 겸허히 받아들일 수 있지만
전자는 용납할 수 없다.

쓰레기들.

그들은 내게 그런 말을 할 자격이 없다.

진실.

가혹한 진실.

영화평만 봐도 그렇다.

사람들은 진실을 두려워한다.

"왓치맨", "박쥐"...

이런 영하들의 평점을 부라.

극과 극이다.

"왓치맨"과 "박쥐"의 공통점은 인간의 어두운 면을

적나라하게 그렸다는 데에 있다.

본질을 찔러서인지 사람들은

그런 작품들을 매우 역겹게 생각한다.

자기 자신도 그런 면을 가지고 있다는 것을

잊은 건지, 애써 외면하려는 건지.

한편으로는 이런 인간들에게 연민도 생긴다.

불쌍한 인생들...

그 진실을 외면하는 그들 자신도,

외면하는 행위도

비난을 면치 못하는 것을 모르고...

시간이 알려 줄 것이다.

그들이 얼마나 비겁했고

나 자신이 얼마나 비겁했는지를.

나는 내게 떳떳한 인간이고 싶다.

하지만 이대로 오만 가지 핑계를 대면서

구경만 하는 것이 과연 나 자신에게 떳떳한 행위일까?

묻고 싶다.

6천만 국민들도 이 질문을 스스로에게 던졌으면 좋겠다.

그렇다면 지난 1년이

이렇게 허망하게 지나가진 않았을 텐데.

'허망'이라..

웃기는군.

우리 사람들이 들으면 절망할 단어.

하지만 이런 글을 카페에, 인터넷에 올리면

사기를 떨어뜨리는 짓 외엔 아무것도 아니게 된다.

그럴 순 없지...
단 한 사람이라도 더 참여하게끔 해야 하는데...

정작 나는 이러고 있고...
끔찍하고 끔찍하다.
아니,
어떤 단어로도 지금 내 기분을 정의할 순 없다.

씨발라마...

무슨 일이 있어도 나가야 겠다.
그렇지 않으면
나는 이 더러운 '죄책감'이라는 짐을
평생 지고 가야 할테니..

223 20090507

극복하려는 의지도 없으면서

한탄만 늘어 놓는 너희는

정말 바보 멍청이야.

선배들도 오빠 언니들도 어른들도

죄다 바보 멍청이야.

224 20090522

고질병인가,

이 사회의 병폐는

끔찍하다.

결국은 나도 이 사회의 일원인 거잖아.

자식들 한국에 있으면

비리 같은 것에 연루될까 봐

해외로 보내버리고

거액 축의금 들어 올까 봐

결혼식도 친척끼리 작게 하고

시계 선물 받았던 것도

욕심 생길까 봐

논두렁에 처박고 오시고

퇴임 후에도

찾아오는 국민들 반겨 주시고 만나 주시고

국민과의 대화 언론과의 대화까지

하셨던 분이고

이 나라에서 권위주의 없애는 데

기여하시고

국회의원 시절에 일식당에서 접대받는데

죽 한 그릇 시키고서

남에게 얻어먹긴 싫고 여긴 비싸서

자기 돈으로 먹을 건 죽밖에 없다고 하셨다.

이런 대통령 본 적 있냐?

나는 진짜 이렇게 깨끗한 사람이 정치인으로서
대통령의 자리까지 올라갔었다는 게 신기하다.

....
오늘 하루종일 일했어야 되는데,
내일까지 끝내야 하는데
10페이지도 못했다.
도저히 손에 안 잡힌다.
자꾸 분향소 생중계 영상만 보고
인터넷 기사, 토론방에만 가 보고...
....

그래, 조지고 싶었겠지.
근데 뒤지다 보니
이 사람이 너무 깨끗해서
고작 찾아낸 게
10억 원 남짓, 그것도 본인이 받은 것도 아닌...
그래서 무슨 포괄적 뇌물수수라는
말도 안 되는 용어 가져다 붙이면서
피의자를 노무현으로 해 놓고

일산 미관광장 노무현 전 대통령 분향소에서 분향을 마치고 노란 쪽지 조문의 글을 써서 매달고 있는 김선영

그렇게 '노무현 죽이기'를 해대더니

진짜 죽으니 속이 시원하더냐?

‥‥‥‥‥‥‥‥‥‥‥‥‥‥ 답이 없다.

수천 억 원 받아 쳐먹어도 사는 인간이 있고

쿠데타 일으키고도 사는 인간이 있고

무고한 시민, 눈엣가시라서 간첩 누명 씌우고 죽여도

사는 인간이 있는데

왜 이 분이 죽어야 하냐‥‥

심지어 전과 14범도 대통령하는 마당인데‥‥

오늘 분향소 설치도 막더군.

추모마저 못 하게 막는...

집회로 번질 우려가 있다나...

불법 시위자와 추모하러 온 시민들

구분이 안 되서 그렇다나...

지랄 마라.

뭐가 두렵냐.

응?

뭐가 그렇게 두려워?

잘못한 거 하나 없다는 인간들이

뭐가 그렇게 두려운데?

. . . .

화가 나서 참을 수가 없다 진짜..

내일 국화라도 바치러 가야겠구나.

간만에 또 해 본 정치 성향 테스트 ㅋㅋㅋㅋ

사민주의적

나는 항상 똑같구나 ㅋ
우째 할 때마다
아나키즘 쪽으로 가고 있는지 모르겠지만 ㅋㅋㅋㅋㅋ
ㅋㅋ악ㅋㅋㅋㅋㅋㅋㅋㅋㅋㅋㅋㅋㅋㅋㅋㅋㅋㅋㅋㅋㅋㅋㅋㅋ
ㅋㅋㅋㅋㅋㅋ

227 20090703

진실

진실

난 언제나 진실을 갈구한다.

이상하리만큼 갈구한다.

거참

언론인이나 해야 하나?

228 20090705

타협

심장을 도려내다.

때가 되어 다시 내게 이식한다 해도

이 녀석이 뛸 수 있을지

잘 모르겠어.

정의를 외면하는 것은 어리석은 짓이다.

그것은 자기자신을 비롯한 모든 것들에 대한 권리를

스스로 포기하는 것과도 다를바 없다.

물건 하나 구매하는 행위도

정치와 무관하지 않다고 볼 수 없다.

하지만 현재 나와 같은 하늘 아래 살아가는 대다수의

사람들은 이렇듯 단순한 진리조차 깨닫지 못한다.

나는 야당도 아니고, 여당도 아니라며
정치와 관계없다고 자랑스럽게 말하는 사람은
그것이 중립적이고 공정한 태도인 양 점잔을 뺀다.

그러나 이런 사람들은 악을 악이라고 비판하지 않고,
선을 선이라고 격려하지 않는 자들이다.

비판을 함으로써 입게 될 손실을 피하기 위해
자신의 양심을 속이는 기회주의자들이다.
행동하지 않는 양심은 악의 편이다.

— 김대중, 『행동하지 않는 양심』에서

행동하는 양심이 되겠습니다.
고이 잠드소서...

231 20090824

세상엔 쓰레기들이 참 많다.

항상 여론을 알기 위해 댓글이든 게시글이든 뭐든

보는 편이지만

볼수록

정말 대한민국 국민들의 국민성이 의심스러울 때가 많다.

노벨상 받지 못하게 해 달라고

로비하는 한나라당부터 시작해서

김대중 ㅅㅂ 잘 죽었다

뭐 이딴 말단 ㅆ새끼들까지.

쓰레기 처리장도 아니고.

야당 여당을 떠나서 진짜

인간이 안 되어 먹었다.

도대체 어디서부터 단추가 잘못 꿰어진 건지.

물론 개념 제대로 박힌 사람들도 있지만

. . . .

아

무개념 글들을 보면

그런 기억은 사라져 버린다.

. . . . 진짜 이 세상은. . . . 어후. . . . .

232 20090913

사람에는 관심 없고

사건에는 관심 있다

ㅋㅋㅋㅋㅋㅋㅋㅋㅋㅋㅋㅋㅋㅋㅋㅋㅋㅋㅋㅋㅋㅋㅋㅋㅋ

거참

... 당혹 스럽다 ㅡㅁㅡ/

ㅋㅋㅋㅋㅋㅋ

233 20100412

노통이 다음 대통령을 위해서

환율 낮을 때 전용기 2000억 원에 구입하자 했을 땐

입에 게거품물고 반대하던 새끼들이

맹박이가 대통령하니까

5000억 원에 전용기 빌렸다.

ㅋㅋㅋㅋ

병신들!

234 20100419

반성하라, 청춘들아.

청춘이라는 타이틀이 아까운 청춘들아.

스스로 죽어 있음을 자처하는 젊은이들아.

부끄러운 줄 알아라.

불량이는 쯔쯔

235 20100422

스스로의 권리를 거세시킨 채

나름 각자의 삶에 충실하기 위해서라며

자기합리화로 위안 삼고 있는

상대적으로 우매한 민중은

어떻게 계몽시켜야 하는 걸까 -_-

아니, 계몽이 되기는 하는 건가.

웃기지?

ㅎㅎㅎㅎㅎ

이 정부가 도대체 어떻게 해 왔길래

정말

어쩜

이렇게도 신뢰가 안 가냐.

공부해

세상엔

공부해야 할 게 너무 많다.

무엇이든 나의 것을 잃지 않으려면

우리 모두의 것을 잃지 않으려면

자지 않고 언제나 눈을 부릅뜨고 있어야 한다.

망막을 통해 보는 껍데기 뿐인 세상은 차치하고

제 3의 눈으로 그 안의 무언가들을 유추해 내야 한다.

조금은 귀찮더라도

그것이 '무임승차'를 피하는 길이다.

당신의 양심은 어떤가?

다른 이들의 땀과 피를 밟고

뻔뻔하게 반듯한 모습으로

이 시대에 '무임 승차'를 할 만큼

썩어 있는가?

왜 묵인하는가

나는
그래
솔직히 두렵다.
그래도
이게 맞는 거다.

난
이렇게 하지 않는 이들을
비난하면 안 된다는 것을 알고 있다.

충분히 이해가 가니까.

하지만
정말 정말 비난하고 싶다.

하지만 진짜 짜증나는 건
내 두뇌는 감정보다는 이성이 지배하고 있다는 거다.

갑갑하다.

그리고 진짜 가장 짜증나는 건
왜
내가
여태껏
사귀어 온
사람들 대부분은
나와 같지 않느냐는 거다.

왜
묵인하냔 말이다.
왜
관심도 가지지 않느냔 말이다.

이봐

당신

그래

당신 말이야

이 글을 혹시라도

당신이 볼지 몰라서

이렇게 적는 거라고

나도 참 쿨하지 못한 인간이라

자꾸만 당신이 궁금해져서

근황 좀 알아보고 그러는데 말이야

그러지 말어 당신

응?

정신 좀 차려라.

성격상 난 좋은 말 못한다, 알지?

좀

눈에 씌인 거울 좀 벗겨봐.

당신 자신만 보지 말라고.

그럼 세상이 달라질지도.

일단 벗겨 놓고 생각해 보자구.

거참 사람 답답한 꼬라지 하고는 ㅉ

2007년 12월 김선영은 태안반도 기름제거에 두 번 참여했다.

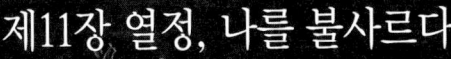
제11장 열정, 나를 불사르다

Past We Boy

Nate Tears

Alive Myself Play 슬픔이 드러나지 않아

Blood ~ Girl

Je Sleep

Reconcile honest Pain Time

Ender Strange

Never

Darkness 사고의마비 Act Smile Believe

Blue Day Murder Confuse hurt

Crazy 겁없는새의죽음 hurt Curse future

Damn

Erase Psycho 검은새-죽음 Scar

Loneliness. Memory lost

Feel People

Kill myself

2

Workholic.

난 하고 싶은 게 왜 이리 많지.

난 일에 관해선 냉철한 사람을 꿈꾼다.
내 미래와 꿈에 방해가 되는 존재가 있다면
가차없다.
빠염.

물론 내 마음은 그러지 못할 것이다.
알고 있어.
간지 우유부단이니까.
하지만, 그렇게 할 것이다.
아니, 반드시 한다.

'일'이란 주제로 시작한 두서 없는 글.
그 무엇이 되었든
이제 더이상 통제없이 주기만 하지 않을 것이다.
보호할 것이다, 나를.

무슨 일이 있어도, 나는 이기적인 인간이 될 것이다.
생물학적으로 심장이 뛰고 숨을 쉰다는 것만으로
살아 있다고 정의할 수 없다.
내 인생을 살아가며 짜릿한 쾌감을 느낄 때
그때 나는 진정으로 살아 있음을 찬미할 것이다.
그것이 순간의 감각일지라도
그 순간에 내 모든 걸 걸겠다.

이미 한번 상처라는 것을 타인에게 심어 준 나이다.
이제 두려울 건 없다.
연쇄 살인자의 마음이 이런 것인가.

허나 태어날 때부터 자유라는 것을 간직한 나에게
속박은 구차한 방해물일 뿐이다.
같은 시대를 살아가고 같은 공간에 있고
나와 같이 뜨거운 피가 흐르는 인간일지라도
나의 앞을 막는 자, 가차없다.

난 이것을 내 모토로 삼았다.
어딘가 이지러지고 분명치 못하고 횡설수설할지라도

그 바탕은 절대 변하지 않을 것이다.

나는 나를 사랑할 것이다.

나는 나를 훈계할 것이다.

애증으로 뒤섞인 '나'와 '나'.

나는 나 자신조차도 제3자의 입장에서

철저히 감정을 배제하고

냉혹하게 채찍질할 것이다.

나는 이기적인 사람이 될 것이다.

이미 잃은 것이 너무 많기에

이제 더 이상 잃지 않는다.

지킬 것이다, 반드시.

그리고 성장하겠다.

빼앗긴 만큼 빼앗아 내 발 아래 둘 것이다.

나는 언제나 바쁜 걸 원했고
지금 그 이상으로 바쁜데

모르겠다,
이런 것이 내가 원했던 것인지.

가끔씩 나도 바라보곤 해~
가야한다고~ 내가 젤 미안~
가끔씩 난~ 미안카고해~
이런 정한 그 말에
절망하고 아파하는 때
그때 아닌 그누가
Ich liebe 당신이 나를 받아주면
Murder Hide 그래만
Aline I... 당신 있었수? ㅋㅋㅋ
Nein!

242 20100816

감정의 메마름.

해갈되는 날은 결코 오지 않을 작정인가?

정체된 상태가 오래 지속될수록

오히려 더 갈급하게 된다.

보다 더

보다 더

격렬한 감정의 변화를 겪어 보고 싶다.

잔잔한 수면에서 느껴지는 권태.

그 지독한 무미건조함은 이제 지겹다.

폭풍이라도 좋다.

내 안의 그 무언가를 깨뜨리고 상처입혀도 좋다.

'살아 움직인다'는 것을 실감할 만큼

거칠게 휘몰아쳐라.

243 20101103

그거 알아?

열정과 사랑

그리고 분노와 증오는

한 가지 색으로 표현이 가능하다는 거.

변하는 건 순식간이야.

그렇다고 해서 열정이나 사랑이 식은 건 아냐.

단지 조금

절망했을 뿐.

Deutsche Literatur

244 20100426

Ich bin einsam,

nicht als die Dame, sondern der Mensch.

342 침묵의 노래

245

Meine Freundin.... YS...

Durch die Nacht erinnere mich an dich.

Ich bereue alles...

Du musst hier zurueckkommen.

Du bist sehr jung, um das Leben
aufzugeben....

Alle die Menschen beten jetzt fuer dich(und
andere Soldaten).

Dann, komm.

Komm zurueck.

Wir warten immer auf euch.

Bitte... Bitte....

Ertraeg, bitte....

Ich vermisse dich sehr...

Laechle fuer uns wieder....

246 20101015 Facebook

Wenn ich zu meiner Wohnung komme, bin ich immer muede. Heute habe ich wieder aufgewacht. kkkkk

247 20110211

Sei nicht traurig!
Sie waren eigentlich nicht Meinen.

248 20110222

Wo ist die Leute, die mich trosten?

에필로그: 이제 울지 마

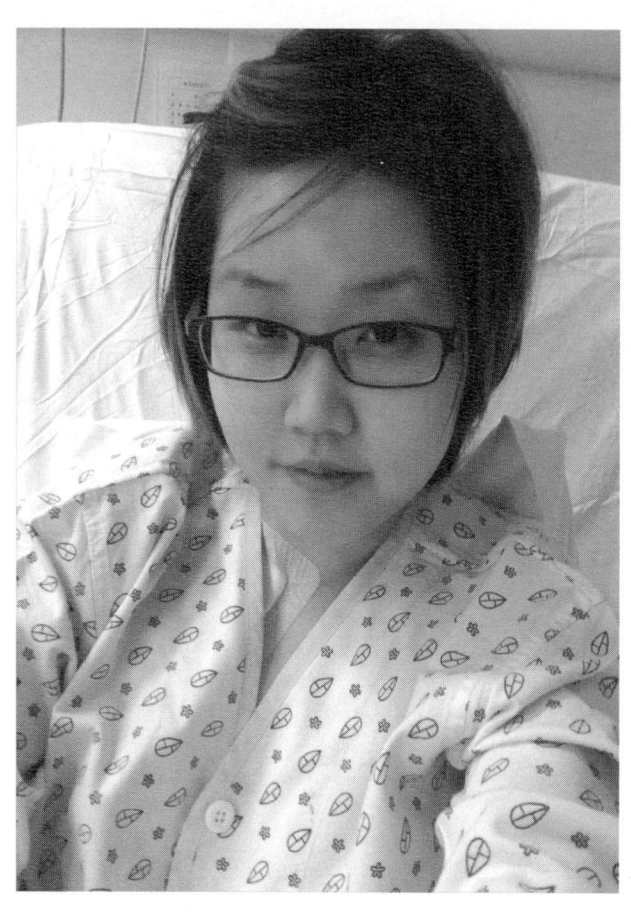

교수님들, 안녕하세요! 저 07학번 선영이에요.

이번 해 학교를 또 쉬어야 할 것 같아서 문자 드립니다.

ㅜㅜ

개강 첫 날에 학교에 갔다가 수업도 못 듣고

일산에 와서 바로 여기 암센터에 입원했습니다.

병명은 오늘 확정되었는데요,

(초)중증 재생불량성 빈혈이래요. ㅎㅎ

골수 이식 받으면 괜찮은 병이에요.

좀 희귀한 병이지만 ㅎㅎ

암세포가 없는 게 다행이죠!

ㅋ 사정이 이렇게 되었네요. ㅜㅜㅜ

기대했던 개강인데 말이에요.

아마 1년 이상 쉬어야 할지도 모르겠는데..

뭐 그건 그때 가서 보려구요 ㅎ

어쨌든 멀쩡하게 나아서 학교로 돌아가겠습니다! ㅋ

그때까지 건강하게 계세용 저처럼 아프지 마시구요 ㅎ

250 20110315 Facebook

막둥이랑 골수가 맞는 댄다
이번 달 안에 이식 받을 거라고 했다!
좀 빠르게 되는 거 같네 ㅋㅋㅋ
다 나으면 영주니 맛난 거 사줘야겠네 ㅋㅋ

251 20110322 Facebook

병원에 있으면서 몸무게가..!!!
ㅜㅜㅜ 잔뜩 늘어나고 있다
수액을 항상 네다섯 개씩 주렁주렁 걸고 있는 것 때문
이라지만 그래도 그렇지 ㅜㅜㅜ
매일 몸무게를 재는데 경악하고 있닭

252 20110325

1년이라니 시간 참 속절 없네.
여기 들어 와서 바깥에 나가고 싶은 생각 딱히 없었는데
정말 나가고 싶다.
찾아 가고 싶다.

348 침묵의 노래

253 20110329 Facebook

오늘은 이상하게 손발이 안 붓고 얼굴이 띵띵 부었다

ㅋㅋ

보름달 다 됨 ㅋ

일단 배고픔은 ㅜ 이제 마비가 된 걸까

자극 안 줄라고 티비도 안 켠지 며칠 된듯 ㅋ

영준이 골수가 점도가 높아서

예상보다 한 시간을 더 잡아 먹었다!

우리 귀요미 골수가 잘 정착이 될 지는

2-3주 두고 봐야 한다니

음.. ㅠ 난 밥 언제 먹어

254 20110404

그동안 기분이 울적했당

지금도 좀 그런데

그냥 밖이랑 연락하기도 싫고

그냥 그래서

입도 다 헐었고 무기력해져서

하루가 언제 가나 언제 가나 이러고 있었다.

엄마아빠 면회도 귀찮고 만사가 다 귀찮고

ㅜㅜㅜㅜㅜㅜㅜㅜ

하루가 넘 길다.

255 20110405 Facebook

먹고 싶은 게 너무 많아!

근데 난 퇴원해도 집에서만 뭐든 먹어야 된단 말야!

육개월간이나!

근디 우리 엄만 할 줄 아는 요리가 많지 않아!

우리집엔 오븐이 없어! ㅜㅜㅜ

난 양식 사랑하는데 ㅜㅜ

아까는 티비에 오리고기랑 양대창 구이 무한리필이 나

왔어! ㅜㅜㅜㅜㅜㅜㅜ

라자냐도 미역국도 백숙도 까르보나라도 고르곤졸라도

스프도 피자도 라면도 구워먹는 고기들도 보쌈도 시금

치도 후라이드치킨도 콜라도 연어도 훈제치킨도 치즈

오븐스파게티도 돼지고기잔뜩들어간 김치찌개도 고기

들어간가지찜도 탕수육도 돈까스도 치즈돈까스도 스테

이크도 사과도 바나나도 자두도 큰 백도도 포도도 수박

도 자장면도 등등등등 잔뜩 먹고 싶어

요리 배워 뒀어야 했는데 ㅜㅜ

엉엉엉

256 201104061316-1457 친구와 문자대화

내 병은 초중증 재생불량성 빈혈이라는 건데 ㅋ

치료과정은 백혈병이랑 비슷해'

골수이식하고

백혈구랑 호중구수치 올라갈 때까지 지켜보는 중이야.

지금 면역력이 제로라서

항암제 부작용들 때문에 아픈 거고

수치 올라가면 나을 거래 ㅎ

근데 수치는 다음주나 되어야 올라간다 함 ㅜㅜㅜ

회복하기까지 그냥 진통제 위주로 버티고 있는 거지

머 항문이랑 입술 뒤부터 목구멍까지

점막은 싹 다 헐고 장까지 다 헐어서

음식물은 절대 못 먹고 있고 ㅜ

항암제 때문에 신장도 좀 ㅂㅅ되서 알부민 같은 거 맞고

이뇨제 맞고 몸 붓고 폐에 물 차서 숨도 좀 차고

걍 답 없음여.

말하기가 힘들어여.

입안이랑 목이 다 부어서 얼굴도 다 부었거덩 ㅜㅜ

쩌려여 ㅜㅜ

말하면 입이 덜덜덜 떨림 ㅜ

진통제로 살고 있음.

아 치료 안 받고 병원 안 왔으면

3개월인가 6개월 내로 60퍼센트가 죽는댔어 ㅋㅋ

난 치료 받았으니까 ㅋㅋ

백혈구랑 혈소판이 거의 없는 거그던

죽으면 감염이나 출혈로 죽는댕

특히 뇌출혈 ㅋ

가만히 있어도 멍들고 그래써

근데 뭐 이제 남 얘기 ㅋ

다리에 이상하게 빨간 반점이 잔뜩 생겨서 ㅋㅋ

피부과 갔더니 큰 내과 가라더라구 ㅋ

개강날 아침에 큰 내과 가서 검사 이것저것 하고

학교 갔는데 의사가 당장 오래서

강의 하나 못 듣고 바로 일산 다시 왔지 ㅋㅋ

그리고 소견서 써 주면서 암센터 가라고 해서

바로 입원 ㅋ

그 전부터 체력이 저질되긴 했어 ㅋㅋ

학교 갔다 오는 길에 두통 심했는데

아무 일 없던 게 개신기 ㅋㅋㅋ'

무균실 안에 있는 이식실이야 ㅋㅋ

보호자도 못오는 독방이지 ㅋㅋ

복도도 못나감. 문도 없어.

간호사들이 수시로 들락거려야 돼서 ㅋㅋ

개 격리임 ㅋㅋㅋ

근데 퇴원해봤자 나는 집안에 격리임 ㅋㅋㅋ

밥도 뭐도 집에서만 먹어야 되고 ㅋㅋㅋ

ㅋㅋㅋㅋ넹 버텨보겠음.

257 201104161332 교수님께 보낸 휴대폰 마지막 문자

좀 힘겹지만 견디고 있어요 ㅎ

제가 회복이 좀 더디대요 ㅎㅎ

아직은 골수가 원위치 될 기미가 안 보이네요.ㅜ

좀 늦어지게 될 거 같아요 ㅜㅜ ㅎ

네! 화이팅! 감사합니다 ㅎㅎ

유서

나는 원래 유서 따위를 쓸 생각은 없었다.

그래도 한번쯤은 쓰는 것도 괜찮다고 생각한다.

우선 가장 아쉬운 건

난 나를 제대로 알지 못했다는 거다.

난 나와 친해지고 싶으면서도 정말 싫었다.

세상에 싫어하는 사람은 없다.

내가 이상한 탓이니까.

제1막

내가 가장 행복했던 곳이었다.

이거 하나 감사한다.

이곳에서 만난 모든 사람들

정말 사랑한다.

그리고 죄송하다.

난 화장했으면 좋겠다.

묘 따위 없게.

그냥 흩어지고 싶다.

형체를 보존한다든가 그냥 관에 덮어 묻는 것은 싫다.

꼭 화장했으면 좋겠다.

장례식 같은 것은 안 했으면 좋겠다.

돈 낭비이고

사람들이 가식적으로 찾아오는 건 정말 역겨운 일이다.

부조금 따위도 안 받았으면 좋겠다.

그리고 우선 일기장과 내 글이 담긴 건

부모님이나 가족이 찾아내지 않았으면 한다.

그리고 날 기억해 주면 감사하겠다.

그리고 내 싸이는 그냥 두고 싶다.

지구 멸망할 때까지

좀 글 때때로 남겨 줘라.

선영아 사랑해

김승태(아버지)

선영아

네가 세상을 떠난지 1년이 되었는데도 아빠는 실감이 나지 않는다. 세상 어디엔가에 네가 있을 것만 같다. 그래, 네가 어딘가에 여행하고 있는 것으로 나는 생각한다.

선영아

너는 항상 자유를 갈구했지? 집이 좁아서 답답했고, 네가 대학교에 다니느라 묵었던 고시원도 방이 코딱지만해서 너는 항상 카페에 가서 공부하거나 일하는 것을 좋아했지. 아이스 아메리카노를 한 잔 시켜 놓고 장시간 버티는 것은 너의 주특기이기도 했지. 그러나 너는 어디서나 당당했지.

선영아

지난 겨울 어느 날이었나보다. 아빠랑 광화문 교보문고에서 만나 책을 사고 저녁을 먹기 위해 네가 앞장 서서 종로1가 쪽으로 음식점을 향해 걸었던 때, 그날 따라 네가 구두를 신었었는데 떠벅떠벅 앞장서서 당당하게 걷는 네 모습을 보며 '참 건강도 하다' '우리 딸 참 잘 걷네'라고 나는 마음속으로 감탄을 했었단다. 너의 경쾌한 구두소리가 지금도 내 귓가에 아련히 들리는 것 같다.

선영아!

아빠, 엄마, 하영이, 영준이는 네가 입원한 순간부터 너의 건강을 되찾기 위해 할 수 있는 모든 것을 할 각오를 가졌었지. 아무리 중병이라도, 치료하는데 아무리 많은 돈이 들어간다 해도 집을 팔고, 회사를 팔고, 모든 것을 팔아서라도 너를 구해내겠다고 각오를 했었지. 아빠 회사 직원들에게도 너를 치료하여 건강하게 집으로 돌아오게 할 때까지는 회사 일도 하지 않고 오직 네 치료에만 전념하겠다고 협조를 구하기도 했었지.

선영아! 사랑하는 내 딸아!

네가 세상을 떠나고 너 스스로 마무리하지 못한 삶. 아빠가 마무리해 주고자 이 책을 펴낸다. 오직 싸이월드 네 미니홈피에 있는 글과 마지막에 네가 채영이와 아빠, 그리고 교수님께 보낸 문자들로 엮었다. 네가 고등학교 때 써놓은 유서를 보니까 네 미니홈피는 지구가 멸망할 때까지 보존되었으면 좋겠다고 했는데, 아마 아빠, 엄마, 하영이, 영준이까지는 지켜줄 수 있을지 모르겠는데 그 다음은 보장할 수 없다.

선영아!

성경 요한복음 21장 25절, 예수님의 행적을 기록한 말미를 이렇게 적고 있다.

"예수께서 행하신 일이 이 외에도 많으니 만일 낱낱이 기록된다면 이 세상이라도 이 기록된 책을 두기에 부족할 줄 아노라."

너의 홈페이지에서 4년간의 기록을 엮었지만 이것은 정말 아쉽기만한 기록이다. 너는 한순간 한순간 새로운 것을 깨달아가면서 성숙해지고 있었지만 때로는 순간의 감정을 숨기지 않고 적어 놓아 아빠가 당혹감을 느끼기도 했었다.

선영아!

이제 네 삶의 모든 것을 과거라는 거대한 바다에 던지자. 그리고 영원을 바라보며 이제 새로운 여행을 하자! 먼저 가라! 아빠는 꼭 너를 찾아가겠다. 그때까지 안녕!

너를 어느 말로서 표현할 수 없을 만큼 사랑하는 아빠가

부록
김선영을 사랑했던 이야기

1. 내 사랑하는 딸 선영이를 가슴에 묻다

김승태(아빠)

"아빠! 아빠가 일을 많이 시켜서 공부할 시간이 없어서 장학금을 50%밖에 못받게 되었잖아. 억울해 죽겠어. 그래서 이번 학기에는 수석 하려고 학점 신청을 많이 했어. 이번 학기에는 일 많이 시키지 마라."

너무나 좋아했던 독일어 공부를 위해 야심을 품고 2011년 3월 3일 한신대학교 3학년 개강 첫 수업을 하러 가던 날, 오전에 저는 선영이를 데리고 내과병원에 들렀습니다. 며칠 전부터 다리에 빨간 반점이 돋아 2월 28일 혼자 피부과에 갔었는데 혈액전문 내과에 가서 진료를 받아보라고 추천을 해주어서 삼일절 휴일을 지내고 다음 날 내과에 가서 혈액검사를 의뢰하고 영등포역까지 태워다주고 학교로 보냈습니다.

그런데 오후 한 시쯤 진료했던 병원에서 선영이의 혈액에 이상이 있는 것 같다며 조금 더 검사를 해야 하니 다시 내원해 달라는 전화를 받았습니다. 학교에서 돌아온 선영이는 급히 아내와 함께 오전에 진료를 받았던 내과 병원으로 갔습니다.

의사선생님은 선영이가 위중한 병에 걸린 것 같다며 국립 암센터에 소견서를 써주고 미리 연락을 해 놓을 테니 응급실로 빨리 가라고 하였습니다.

그 날 입원한지 열흘 후에 재생불량성빈혈이라는 확진을 받았는데 국립암센터 열액종양센터 담당의사는 골수이식을 받으면 살 수 있다고 하였습니다. 동생들의 혈액검사를 해본 결과 막내 영준이와 골수가 맞아 이식을 실행했던 것이 결국 실패로 끝났고, 지난 4월 30일(토) 오전에 숨을 거둠으로써 근본적으로 병을 고쳐주려던 우리의 생각과는 달리 항암 치료에 들어가면서 오히려 선영이의 죽음을 재촉하여 세상을 떠나 보낸 격이 되었습니다. 얼마나 황당하고 억울했는지...

선영이가 세상을 떠난 지난 토요일부터 주일까지 비가 몹시도 많이 내렸습니다. 5월 1일(일) 오후 4시 정성진 목사님은 입관예배를 인도하시면서 "하늘도 슬퍼하는 것 같다"고 말씀하셨습니다.

지난 2개월간 선영이를 살리기 위해 저희 가족은 피곤한 줄도 모르고 모든 노력을 다했습니다. 그러나 결국 지난 5월 2일(월) 벽제승화원에서 화장하고 하늘문 추모공원에 안치했습니다.

딸을 안치시키고 돌아오는 길에 내다본 차창밖의 세상 풍경은 따뜻한 봄날에 세상에 아무일도 없었던 것처럼 무심하게만 느껴졌습니다. 반대로 아내는 그런 평화로운 풍경이 너무나 아름답다고 했습니다.

무엇엔가 홀린듯, 딸을 누구에겐가 유괴당한듯, 너무나 황당하게 작별인사 한 마디 못하고 이렇게 딸을 떠나보냈습니다. 꿈에서 깨어난 것과 같다고나 할까요? 정말 선영이와의 삶은 23년간의 꿈이었습니다.

골수이식실에서 감염위험 때문에 처절한 고통과 싸우던 딸을 유리벽 밖에서 지켜보아야만 했던 것이 너무나 가슴이 아파옵니다. 그 아픔을 참기만 하라고 전화를 통해 기도해 줄 수밖에 없었습니다. 물론 치료를 의사가 해야 했지만 제 기도에 아이의 변화가 없음을 느꼈을 때, 저는 거룩한빛광성교회 성도들을 비롯하여 Facebook을 통해 많은 분들에게 기도의 도움을 요청했습니다. 사순절 기간을 맞아 많은 분들이 함께 금식하며 기도로 간구함에도 불구하고 선영이의 병은 더 악화만 되었습니다.

지난 4월 20일, 그 전날 선영이를 중환자실로 보내고 불안감에 휩싸였을 때, 저는 차 안에서 하나님께 기도하며 말씀으로 대답해 주실 것을 구하며 성경을 폈습니다. 그때 제 눈에 들어온 성구는 다음과 같았습니다.

"내가 다시 해 아래서 보니 빠른 경주자들이라고 선착하는 것이 아니며, 용사들이라고 전쟁에서 승리하는 것이 아니며, 지혜자들이라고 음식물을 얻는 것도 아니며, 명철자들이라고 재물을 얻는 것도 아니며, 지식인들이라고 은총을 입는 것이 아니니 이는 시기와 기회는 그들 모두에게 임함이니라.

분명히 사람은 자기의 시기도 알지 못하나니 물고기들이 재난의 그 물에 걸리고 새들이 올무에 걸림같이 인생들도 재앙의 날이 그들에게 홀연히 임하면 거기에 걸리느니라."(전도서 9:11-12)

저는 이 말씀을 읽고 통곡을 했습니다. 하나님이 너무 무서웠고 이 말씀이 선영이와 저에게 적용되는 것이 너무나 애통했습니다. 그런데 그 말씀이 틀린 것이 없습니다. 진리이기 때문입니다. 그래서 선영이를 떠나보내며 아쉽고 슬퍼하면서도 받아들일 수밖에 없었습니다.

많은 사람들이 선영이가 간 천국은 좋은 곳이고 그곳에는 고통도 없다고 하지만 저에게는 아직 이 모든 것이 잔인하게만 느껴졌습니다. 선영이를 잃은 비통함에 빠져 있는 저에게 많은 사람들의 위로가 정말 가슴에 와닿지 않았습니다. 한순간, 사랑의 하나님이 무서운 하나님으로 바뀌었습니다. 너무나 많은 비전과 의욕속에 살아왔던 딸이었기에 그럴 것입니다.

그런데 화장하는 날 벽제로 국제이웃선교회 노득용 목사

님과 행복교회 조규남 목사님이 찾아 오셔서 "하나님께서 장로님에게 선영이를 앗아가시는 것은 이 세상을 구원하시기 위해 아들 예수 그리스도를 십자가 상에서 죽게 해야만 했던 아버지 하나님의 고통을 깨닫게 해 주시기 위해서였을 것입니다. 그것 말고는 위로도, 해석도 될 수 없는 것 같습니다." 라고 전해 주셨습니다. 아마 그 말씀이 저를 치유해 주실 것입니다.

선영이는 독서광이었습니다. 솔직히 선영이의 유품이 거의 책 뿐입니다. 자기가 좋아했던 소설『반지의 제왕』,『나니아 연대기』,『해리 포터』등은 책과 영화를 열 번 이상이나 번갈아 보기도 했지요. "반지의 제왕", "타이타닉", "캐리비안의 해적" 등은 영화와 음악을 거의 마스터했죠. 그 아이는 그처럼 자기가 좋아하는 모든 것을 마음에 담고 살았습니다. 자신을 꾸미는 데에는 거의 관심이 없었고, 음악, 뮤지컬, 영화, 여행, 커피, 멋진 카페에서의 식사하기 등 자신이 좋아하는 일에 있는 돈을 항상 탕진(?)해왔습니다.

자신이 좋아하는 뮤지컬은 항상 R석에 앉아서 보아야 직성이 풀렸지요. 음식점에서 저와 밥을 먹을 때에는 자기 돈으로 사먹을 수 없는 비싼 메뉴만 시켰습니다. 그러면서도 당연하게 생각하고 하나도 미안해 하지 않았습니다. 기껏 하는 말이 "낳았으면 책임을 져 주어야 할 것 아니야?"였습니다.

그 아이는 미래에 다양한 계획을 갖고 있었지만 미래를 보며 현실을 외면하지 않았습니다. 현재의 자기의 관심사와 욕구에 항상 몰입했습니다. 그것이 저의 불만이었습니다. 그러나 그 아이는 저의 불만을 절저히 무시했습니다.

세원고등학교에 들어간 선영이는 연극반에 들어가 자기 인생의 할 일을 찾았다며 너무나 열정적으로 빨려들어갔습니다. 연기도 배우고, 사물놀이도 배우고, 음향효과, 영상물 제작 등 선영이는 관심있는 것들을 하나하나 마스터해나갔습니다. 그러나 저는 연극반이 아이들의 정서교육과 인격교육에는 무관심한 것을 보고 연극을 강제로 그만 두도록 했습니다.

이때 선영이는 저에게 분노를 분출하며 큰 방황을 하게 되었습니다. 세상의 모든 것을 잃은 것처럼 아무런 의욕도 보이지 않았습니다.

그때 2005년 마침 기독교출판의 국제교류를 맡고 있던 제가 프랑크푸르트 국제도서전 주빈국관에 설치하기로 한 부스를 관리하기 위해 독일에 가면서 선영이를 데리고 2주간의 독일, 프랑스, 스위스 여행을 다녀왔습니다.

처음에는 아무생각없이 갔지만 그곳에서 점점 독일 문화에 매료되기 시작했습니다. 프랑크푸르트 메세를 통해 그 아이가 좋아하는 책의 세계가 어마어마한 가능성을 가진 사업이라는 것을 알게 되었고, 특히 로텐베르크의 크리스마스 샵의 아름다운 상품들, 세상에서 가장 아름답다는 너인슈반슈타인 성, 유럽의 지붕이라는 스위스 융프라우의 알프스 산, 취리히, 루체른의 아름다운 호수 등을 바라보며 아마 그곳에 가서 공부하고 싶다는 생각을 했던 것 같습니다.

여행을 마치고 돌아온 선영이는 제게 제안을 했습니다.

"아빠 나 독일에 가서 공부하고 싶어. 독일어 배우게 해 주면 나 마음 잡고 공부할게."

"그래 좋아."

그래서 선영이는 고2 겨울방학부터 남산에 있는 독일문화 원에서 독일어를 배우기 시작했고, 어머어마한 의욕으로 마 스터해나갔습니다. 선영이는 여러 대학 중에서 하이델베르 크대학과 자매결연을 맺고 있는 한신대학교 독어독문과를 택 했습니다. 대학교에 입학했을 때, 이미 몇 년 선배만큼 독일 어 실력을 갖추고 있었습니다.

그후 선영이는 세계 각국의 문화와 여행에 대해 큰 관심을 갖고 독서로 세계 곳곳에 자기가 꼭 가보고 싶은 곳의 리스트 를 만들어갔습니다. 2010년 2월에는 일본 오사카에 혼자 여 행을 다녀왔습니다.

아이스아메리카노와 아이스크림을 무진장 좋아했던 선영 이는 바리스타가 되어 미래에 멋진 카페를 하고 싶어했습니 다. 선영이의 유품과 그 아이가 좋아했던 책들을 유리장에 잘 간직했다가 이 숙제도 언젠가 미래에 풀어보려고 합니다.

저는 민들레 영토가 세상에 유명해지기 전에 신촌 본점과 대학로점에 서점을 디자인하여 꾸며 준 적이 있었습니다. 그 때는 민들레 영토의 오너가 돈이 없어서 제가 디자인을 하여 목수를 불러다가 직접 시공을 해 주었지요.

그때 저도 먼훗날 아주 분위기 있는 카페를 해보고 싶다는 생각을 했습니다. 선영이를 위해 이 숙제도 가슴에 담아봅니다. 아마 멋진 김선영 테마 북 카페가 될 것입니다.

선영이는 저처럼 자신이 좋아하는 일을 위해서는 밤을 지 새는 것이 다반사였습니다. 밤샘은 제가 선영이 보다 한 수 위입니다. 저는 돈이 안 되는 일로 현실을 꾸려와야 했기 때 문에 더 많은 밤을 지새웠죠.

언젠가 무균실에 있던 선영이가 제게 말했습니다.

"아빠, 우리 자리가 바뀌었어. 아빠가 이리로 들어와야 하 고, 내가 거기에 서 있어야지 맞잖아."

"그래 맞다 맞아. 이제라도 제발 그랬으면 좋겠다."

그러나 결국 그 자리를 바꾸지 못했습니다. 제가 시킨 일 을 하고 돈을 지불해 줄 때 쯤이면 그 아이는 이미 돈을 쓸 계 획을 다 마친 상태였습니다. 돈은 얼마든지 다시 벌 수 있으 니까 당장 새로 개봉하는 뮤지컬도 주로 R석에 가서 보고 자 기가 해 보고 싶은 것들을 모두 당장 해 보아야 한다는 것이었 습니다. 저는 그것이 밉지 않았습니다. 젊었을 때 할 수 있는 한 많은 경험을 해 보아야 한나는 것이 저의 지론이있으니까 요. 오히려 제가 아이디어를 주어 더 부추겼는지도 모릅니다.

선영이는 위선과 가식을 싫어했습니다. 그 아이가 싫어하 는 것은 남들이 아무리 유명하고 좋다고 해도 그 아이에게는 아무것도 아니었습니다. 사람도 마찬가지입니다. 정의감에 불타던 선영이에게 사악하고 오만한 사람들은 쓰레기로 보였 을 뿐입니다.

선영이가 유일하게 인정하는 신앙인은 거룩한빛광성교회

정성진 목사님이었습니다. 그것을 알고 계신 것처럼 정목사님은 저희가 단지 기도부탁만 드렸을 뿐이었는데 선영이가 입원한 다음날, 무균실로 옮기는 날, 골수이식하는 날, 중환자실로 옮긴 날, 입관예배, 발인예배까지 인도해 주시며 세상에서 환송하는 모든 과정에 자신의 딸처럼 사랑을 베풀어 주셨습니다. 정목사님의 바쁜 일정을 나무나 잘 알고 있는 저로서는 의외였고 파격이었습니다.

또 엄숙하고 틀에 박힌 것을 싫어하는 선영이는 거의 정장을 해 본 적이 없었습니다. 선영이 표현처럼 자기를 낳아가신 하나님 앞에서 엄숙한 것을 싫어하는 선영이는 천국에서 어떻게 처신할지 저는 그것이 궁금합니다. 아마 또 다른 선영이만의 천국사랑법을 찾아낼 것입니다. 아마 하나님도 결코 미워할 수 없는 그 아이만의 반항과 사랑법을 보고 하나님도 저처럼 종종 당황하게 될 것입니다.

이제 마음을 가다듬고 생각하니 선영이의 미래는 닫혀졌지만 순간순간마다 열정적으로 살아왔던 그 자세만큼은 우리들에게 교훈을 주는 것 같습니다. 저는 그 아이가 무엇무엇에 열정을 바쳤는지 시간을 두고 추적해 볼 생각입니다. 그것이 저와 남아 있는 우리들에게 마지막 교훈이 될 터이니까요.

지난 토요일 오전 선영이가 세상을 떠난 후, 국립암센터에는 장례식장이 없어서 일산백병원 장례식장으로 옮겨 장례 준비를 했습니다. 오후 한 시가 넘어서부터 주일까지 참으로 많은 분들이 조문을 오셨습니다. 아마 선영이를 안타깝게 바라본 분들이 많았던 것 같습니다. 어떤 분들은 저보다 더 처절하게 우서서 오히려 저희가 그 분을 달래야 했습니다.

지난 월요일 선영이를 하늘문추모공원에 안치하고 집에 돌아와서 선영이의 방에 들어가 보았습니다. 모든 것이 그대로 있는데 오직 달라진 것은 선영이가 이 세상에 더 이상 없다는 것입니다. 인정하고 싶지 않지만 현실을 인정할 수밖에 없습니다.

이제 하늘나라로 간 선영이를 저희 가족과 선영이를 아끼고 사랑했던 사람들의 가슴에 묻습니다. 아마 선영이를 제 가슴에서 쉽게 지울 수는 없을 것입니다. 그러나 일부러 지우지는 않을 것입니다. 선영이를 향한 제 사랑은 끝나지 않았기 때문입니다. 저는 선영이를 사랑하고 기리는 방법을 다시 찾게 될 것입니다.

먼저 선영이의 학비 융자 등 뒷정리를 깨끗이 하고 선영이의 유품들을 정리하면서 차츰차츰 하나님께 인도하심을 구할 것입니다.

지난 3월 3일 선영이가 병원에 입원한 이래 꼭 두 달 동안 김선영의 투병을 위해 많은 분들이 선영이를 위해 눈물로 기도에 동참해주셨습니다.

거룩한빛광성교회 정성진 목사님, 8교구담당 목사로서 처음부터 끝까지 함께해 주셨던 신동명 목사님, 119중보기도팀, 가장 먼저 달려와서 이제까지 기도와 위로를 아끼지 않았던 스포츠선교위원회 김정환 전도사님과 위원장 김용욱 안수집사님과 팀장님들, 청년부 윤형진 전도사님과 조성아 전도사님, 8교구와 842목장 식구들, 제가 섬기는 고등부 이현재 목사님과 정호석 집사님과 교사님들과 3학년 10반 학생들, 병상의 선영이에게 사랑과 격려의 편지를 보내주신 정시몬 목사님과 사랑부 어린이들, 하영이가 섬기는 어와나의 김정준 전도사님과 중등부 교사님들, 목요찬양팀의 박민기 전도사님, 소극장선교회의 손덕기 집사님, 선영이가 입원한 이래 매일 성경 말씀을 문자로 전하며 격려해 주신 허훈 장로님, 처음부터 끝까지 치료비와 장례의 모든 절차를 염려하고 곁에서 자신의 일처럼 도와주셨던 박영우 장로님, 김옥현 장로님, 이원재 장로님, 제 아내 원성삼 집사의 곁을 지키며 함께 울고 끝까지 장례식장을 챙겨주셨던 강금희 권사님과 정명희 권사님, 백효숙 권사님 등, 아내를 위로하고 지켜주셨던 꽃꽂이팀 김장미 권사님과 회원들, 저희가 선영이를 간호하느라 가정을 돌보지 못할 것으로 생각하고 맛있는 밑반찬을 만들어 주신 김인호 권사님과 신현숙 집사님, 함께 뜨겁게 기도하며 함께 해주신 새가족섬김팀 성혜옥 목사님과 팀원들, 아내와 믿음생활을 같이 하고 있는 64여선교회, 선영이가 재생불량성빈혈로 확진되었다는 소식을 듣고 해외에서 달려와 자신의 아들 익수도 같은 병인데 10년 이상이나 잘 살고 있다며 희망과 위로와 기도를 해 주신 국제이웃선교회의 김수일 목사님과 고종원 전도사님과 회원들, 중병에 걸린 선영이를 온 가족이 뭉쳐서 간병하는 것이 가족해체가 늘어나는 현대에 귀감이 된다며 소개해 주신 국민일보 이태형 선임기자와 김성원 기자, 수차례에 걸쳐 전파를 통하여 선영이를 위해 중보기도를 방송해 주신 극동방송, 기독교세계관동역회의 손봉호 이사장님과 김승욱 교수님과 조성표 교수님과 회원들, 문화선교연구원의 임성빈 원장님, 선영이에게 문화소비자에서 생산자의 맛을 처음 깨닫게 해 준 세원고등학교 연극반 선생님들과 선후배들, 선영이가 가장 존경했던 신일중학교 박세현 선생님과 동창생들, 선영이의 혈소판이 모자랄 때 학교게시판에 올려 도움을 준 한신대학교 독어독문과의 교수님과 친구 변희도, 정찬과 학우들, 기독교학교교육연구소의 박상진 소장님, 아시아복음선교회의 손신기 목사님과 회원들, 한국기독교출판협회 박경진 회장님과 이사님들과 회원님들, 한국기독교서점협의회의 배성현 회장님과 회원들, 21세기기독교출판동우회의 민상기 회장님과 회원들, 자녀들을 위해 적금을 들었다가 해약하고 어디에 쓸까 기도하다가 선영이의 소식을 듣고저희들이 알면 부담스러워할까봐 무명으로 전액을 보내주신 분, 제 아내가 결혼하며 떠난지 20년이 넘었는데도 항상 기도와 사랑을 베풀어주시는 동천교회의 교우들, 선영이가 입원한 처음부터 장례식까지 선영이를 지켜주었던 선영이 친구 박가은, 김한울과 친구들, 선영이의 아픔은 내 자식의 아픔처럼 함께 슬퍼하고 함께 아내의 곁을 지켜준 하영이 친구 엄마들과 친구들, 우리 양가의 친척들. 선영이가 혈소판이 부족하다는 소식을 듣고 혈소판 헌혈을 해주겠다고 나섰던 300명 이상의 헌혈약속자들 등등 지면 관계상 나열할 수는 없지만 선영이를 사랑하고 아껴주셨던 모든 분들께 진심으로 감사드립니다.

하나님! 영광을 홀로 받으시고, 제 딸 선영이를 따뜻하고 아름답게 품어주소서.

선영아! Gute Fahrt! 23년간의 꿈같았던 세월, 너를 떠나보낸 다음에야 꿈에서 깨어나 주변을 돌아보지만 너는 바람처럼 사라져 버렸구나. 후에 천국에서 다시 만나자. 그 곳에는 네 할머니와 할아버지가 주님 곁에서 너를 따뜻하게 맞아주셨을 거다. 아빠는 그분들에게서 사랑하는 법을 배웠거든. 아마 너도 잘 품어주실 거다.

선영아! 사랑한다. 그리고 정말 정말 행복했다. 잘 가라.

그리고 수호천사가 되어서 네 동생 하영이와 영준이도 꼭 지켜주렴.

글을 마무리하려고 하는데 뒤늦게 소식을 듣고 눈물로 위로를 보내 주신 김하늬 선교사님, 지금까지도 혈소판을 제공해 주시겠다고 전화를 주시는 따뜻한 분들이 있어서 기쁩니다.

여러분 정말 감사했습니다. 사랑합니다.

2011년 5월 3일 선영이 아빠 김승태, 엄마 원성삼 올림

2. 일상에는 네가 있었는데

너 때문이야. 일 분 일 초 모든 것을 기록해야만 할 것 같은 건...

일상에는 네가 있었는데, 찾아보니 너는 어디에도 없어. '더 많이 기록해 놓으면 좋았을 텐데' 하고 후회만 하네.

네가 준 편지는 어디에 있을까. 우리가 나눈 담소들은 어디에 있을까. 우리의 추억들은 내 뇌의 어딘가에 존재하긴 할까. 새로운 기억들로 덧칠해 나가면서 정작 내가 찾고 싶은 너와의 기억은 어느 구석에 있길래 이리도 나오지 않는 거야. 너와 부른 노래들을 내가 어디서 다시 들을 수 있을까. 왜 우리는 기록하지 않았을까.

왜........너는 여기 없는 걸까.

201105162312(김선영 미니 홈피)

오늘 너를 보냈다. 내가 절대로 널 웃으며 보낼 수 없었던

부록 : 김선영을 사랑했던 이야기 373

걸 넌 잘 알겠지. 거기 있던 모든 친구들은 '너'라는 존재로 묶여 있었어. 끝까지 넌 친구들에게 큰 선물을 주고 떠나는구나. 그러면서도 너는 내게 깊은 후회를 주었고 큰 슬픔을 주었다.

　우리 대장아. 너랑 있으면 언제나 웃었고 즐거웠다. 넌 그런 존재였어. 네 자신은, 진정으로 밝은 성격이 아니라고 생각했을지 모르지만 우리에게 남은 네 잔상은 웃는 낯뿐이야. 넌 언제나 그 자리에서 웃고 있었으니까.

　너는 내게 큰 언니였고, 엄마였고, 친구였어. 너랑 있으면 항상 용감무쌍해지고 충동적이 되었지. 10분이면 갈 거리를 한 시간을 걸려서 가곤 했어. 수업이 끝나면 일단 모여서 뭐 할지 결정하곤 했지.

　서로 먼저 연락하지 않아도 괜찮은 관계라고 정의해 놓은 그 틀에 갇혀 있던 게 너무나도 후회가 된다. 아마도 우리가 처음 만나서 함께 놀던 그 땐, 집으로 전화해서 불러냈던 때였기 때문일까. 무엇이든 다 후회이고 변명이겠지.

　그 곳에선 아프지 말고. 네가 보고 싶어하던 용상이랑은 만났니? 만물이 소생하는 봄에 너는 이렇게 가는구나. 한 줌 재로 돌아간 널 보고 이젠 마음에 묻어야 한다는 걸 깨달았다. 사랑한다. 너로 인해 내 삶이 더 풍족했고 행복했다.

201105022132(김선영 미니 홈피)

3. You're the Music in me

권선희(신일중 105 친구)

날이 참으로 좋습니다. 아직도 선영이를 떠올리면 눈물이 앞섭니다. 하지만 이 좋은 날에 긴 여행을 떠난 것도 참 선영이답네요. 지금쯤 선영이는 어디를 여행하고 있을까요.

선영이와의 이야기를 어디서부터 써 내려가야 할지 막막합니다. 그래서 그냥 써 내려가면서 정리하려고 합니다. 처음 선영이를 본 건 신일중학교 1학년 5반에서였죠. 이렇게 친해졌는지는 잘 모르겠습니다. 그렇지만 그 녀석 성격을 생각해 보면 분명 먼저 다가와 주었겠죠. 중학교 1학년 때. 참 살면서 그때만큼 많이 놀았던 적이 없었던 것 같습니다. 십여 명의 반 친구들은 전부 선영이를 통해서 연결되어 있었습니다. 학교가 끝나면 모두 집으로 달려갔다가 우리 대장인 선영이의 전화를 받고 신일초의 구령대에서 모이곤 했거든요. 그렇게 모인 우리들은 참 무계획적으로 놀았습니다. 우리는 주로 영화를 보든가 노래방에 가곤 했습니다. 먹는 건 꼭 닭갈비 볶음을 먹었구요.

　노래방에 한 번 가면 번갈아 가면서 방에서 얼굴만 빼꼼 내밀고 "여기 30분 추가요!"를 외쳤습니다. 그렇게 4시간이 넘게 놀아댔죠. H.O.T.의 빅 팬이기도 했고, 서태지도 좋아했고, 당시에 큰 유행이었던 Back Street Boys와 Westlife의 노래를 부르는 것도 좋아했죠. 선영이는 노래방에 들어가면 일단 노래책부터 하나 꿰차고 앉았습니다. 시작한지 약 한 시간 후부터는 선영이의 노래만 나왔죠. 그래도 좋았습니다. 선영이의 노래는 멋졌으니까요. 정말로 심각하게, 저와 은혜는 녀석을 SM 오디션에 추천하려고 했을 정도였어요. 아직도 제일 노래 잘하는 내 친구는 김선영입니다. 어떤 여자가 고음의 여자 노래부터 랩 투성이 남자 노래를 그렇게 멋지게 소화할 수 있을까요. 심지어는 듀엣 노래도 혼자 소화합니다. 제가 가장 좋아했던 듀엣 곡은 김동률과 이소은의 '기적'이었습니다. 노래방에 가면 노래를 예약해서 선영이한테 불러달라고 부탁할 정도로 전 선영이의 노래에 홀딱 빠져 있었습니다.

　선영이는 공포 영화를 참 좋아했습니다. 한 번은 (아마 7월 즈음이었을 겁니다.) 갑자기 코엑스로 "검은 물밑에서"라는 일본 공포영화를 보러 가자고 하는 겁니다. 그래서 우리는 무작정 코엑스로 찾아 갔습니다. 아직 중학생인 꼬마들끼리의 서울나들이는 그렇게 흔한 일은 아니었습니다. 그렇게 우리는 매진되기 직전 마지막 7자리를 구해서 손을 꼭 잡고 맨 앞자리에서 봤지요. 선영이랑 영화를 보면 영화 보는 내

신일중학교 1학년 5반 친구들의 겨울방학 여행, 왼쪽으로부터 박선영, 권선희

내 서로 이야기하느라 정신이 없었습니다. "코어"라는 영화를 볼 때 둘이 몸을 앞으로 숙여서 의견을 열심히 나누고 있는데, 영화가 끝나고 보니 2시간 동안 앞자리 커플의 귀에 대고 열심히 얘기 했던 적도 있었습니다. 둘 다 민망해서 씩~하고 웃었죠. 하여튼 둘 다 당시엔 중 2병이었는지 염세주의적이고 어두운 것들을 좋아했죠.

제가 예전에 선영이에 대해 쓴 글을 보니 '노는 것에 천부적인 재주가 있는 것 같은 아이'라고 써 났더군요. 전 선영이 덕에 해 본 것도, 가 본 곳도 많았습니다. 제 생애 첫 아르바이트도 선영이 아버지의 출판사에서 해 봤죠. 친구 동준이네에 가서 정신놓고 논 것도 선영이가 없으면 불가능했겠죠. 매년 코엑스에서 열리는 도서 박람회도 가 봤고, 광화문 교보문고는 밥 먹듯이 갔습니다. 교보문고에는 귀여운 물건

들이 많았기 때문이죠. 선영이는 보기와는 다르게 아기자기한 걸 엄청 좋아했거든요. 제 생일 선물로 독일의 크리스마스 마을에서 사다 준 장식물도 앙증맞기 그지없답니다.

일요일에는 교회에서 같이 가서 때로는 예배를 가장한 만화책 읽기도 하고, 예배가 끝난 11시에 선영이네 집에 가서 당시 최고 인기 프로그램 "서프라이즈"를 시청했습니다. 그리고 오후 늦도록 "심즈"라는 게임을 하곤 했죠.

2002년 한일 월드컵 땐, 대부분의 경기는 선영이와 함께 봤던 것 같습니다. 특히 우리나라가 16강전에 진출하던 경기는 선영이과 함께 광화문에서 봤죠. 2002년뿐 아니라 선영이는 그 이후의 월드컵 경기도 열심히 응원하러 여기저기 다녔던 걸로 알고 있습니다.

가장 기억에 남는 건, 신일중학교 1학년 5반 담임선생이셨던 박세현 선생님 댁으로 세배를 드리러 간 일입니다. 세상에 어느 학생들이 20대 후반밖에 안 된 미혼의 젊은 여선생님께 찾아가 세배를 할까요. 선영이가 아니었으면 생각도 못 했을 일이었을 겁니다. 선영이와 함께라면 우리는 기꺼이 바보 같은 일도 했고 무대포로 변했습니다. 저희의 싸이월드 일촌명은 '김또라이'와 '권또라이'입니다. 하하. 무엇에도 얽매이지 않던 자유로움. 그것이 선영이가 가졌던 무한한 매력이었습니다.

또한 선영이는 정의로운 자였습니다. 그 당시엔 중 2병인지 뭔지 저희는 둘 다 염세주의적이었죠. 전 중 2병이었던 것 같지만 선영이는 아니었습니다. 불합리한 것, 정의롭지 못한 것에는 확실하게 자신의 의견을 내세웠던 아이입니다. 제가 알기로 선영이는 기독교 신앙을 갖고 있던 부모님과 많은 갈등이 있었습니다. 교회의 부도덕한 모습을 보고 그러한 점을 묵과할 수 없었기 때문이었겠죠. 한창 대통령 때문에 광화문에서 시위가 있던 때에도 마찬가지였습니다. 자신의 신념을 위해 위험한 시위에 기꺼이 뛰어들었죠. 제가 가질 수 없었던 용기였습니다.

어느 날 밤, 선영이가 저희 집 앞에 갑자기 찾아온 적이 있었습니다. 1년 휴학 후 다시 휴학을 해야 했을 때였던 것으로 기억합니다. 학교에 되돌아가고 싶어 했지만 장녀로서 아버지의 일을 도와야 해서 그럴 수 없었습니다. 찾아와서 고민하고 한숨짓던 선영이가 생각납니다. 그래서 이번에 다시 휴학을 해야 했던 선영이를 생각하면 너무나도 가슴이 아픕니다.

두서없이 글을 써내려갔네요. 친구이자, 선생님이자, 엄마 같았던 신영이의 푸근함이 그립습니다. 제가 선영이를 한번은 '후곡 지킴이'라고 부른 적이 있습니다. 모두들 그곳을 떠났는데 선영이네만 이사를 하지 않았거든요. 지킴이. 선영이는 우리의 버팀목같은 존재였습니다. 뚝심 있고 언제나 우리가 돌아갈 자리를 만들어 주는 중심이었습니다. 선영이와 함께였기 때문에 제 인생이 좀 더 풍요로웠습니다. 그것에 한없는 고마움을 전합니다.

4. 어른스럽게 느껴졌던 쿨한 친구 김썬

신채영(중3 때 친했던 친구)

선영이가 위독하다는 사실을 안 순간, 선영이를 다시는 못 볼 수도 있다는 생각이 든 순간, 마지막으로 선영이를 보았던 때를 떠올려 보았습니다. 6년? 7년? 말도 안 됩니다. 중3 때 선영이와 학교 수업을 듣던 때가 엊그제 같은데, 6년이 웬 말입니까. 선영이의 모습이 눈에 선한데, 이렇게 기억이 잘 나는데, 왜 이리 그때가 생생한 것인지 모르겠습니다. 중학교 교복의 익숙한 촉감이 느껴지면서 6년 동안의 저를 모두 잊어버릴 정도로 생생하게, 엊그제의 중학생 시절이 떠오릅니다.

선영이를 처음 알게 된 것은 저와 중학교 2학년 때 같은 6반이었던 권선희 덕분이었습니다. 선영이가 선희와 워낙 친한 사이라 종종 저희 반에 놀러왔기 때문입니다. 선영이의 짧은 머리, 그리고 꾸밈없는 말투와 털털함 때문에 "김군"이라 부르곤 했습니다. 선희의 또 다른 친구 (박)선영이와의 혼

중3 사회탐방 시간에 월드컵 경기장에서 왼쪽으로부터 이은혜, 이지선, 신채영, 김선영, 신효빈

돈을 줄이기 위해서도 있었구요.

　선희의 쿨한 친구 김군. 3학년 때 그 김군과 같은 반이 되었습니다. 선희로 인해 어느 정도의 친분이 있었던지라 저희는 처음부터 친해질 수 있었습니다. 당시 한창 제가 (아니면 유행이었던가요) 친구들 이름의 앞 두 글자만 불렀기 때문에 선영이도 그 때부턴 제게는 김군에서 '김썬'이었습니다. 사실 선영이라고 부른 적도 거의 없는 것 같습니다. 아무튼 중3 때 선영이는 김썬이었고, 저도 제 인생 유일무이한 닉네임인 '챙'이었습니다. 지금 생각해 보니 다른 아이들은 모두 '이지선-이지, 박상현-박상, 이가영-이가'였을 때, 저만 '신채'가 아닌 '챙'이었네요. 이 닉네임은 중3 때 이전과 이후의 친구들이 모두 사용할 정도로 애용되며, 저 또한 매우 좋아합니다. 김썬의 작품입니다. 김썬이 "챙!" 하며 부를 때의 그 특

유한 음정이 귀에 울립니다.

선희는 자유분방하며, 공포영화를 보며 깔깔대며 웃고, 함께 신나는 모험을 즐겼던 선영이 이야기를 하지만, 제가 가장 기억에 남는 김썬은 따뜻하고 어른스러운 모습의 선영 이입니다. 중3 때 저희 반은 여느 반과 비슷하였습니다. 여기저기 파로 나뉘고, 또 다시 나뉘며, 배신과 뒷담이 난무하며, 성에 대한 관심도 외모에 대한 관심도 최고조였을 때입니다. 저도 여느 중학교 3학년 여학생 같았습니다. 여자친구와 손잡고 우르르 화장실에 몰려가고, 친구들보다는 남학생들에게 관심이 갔었고, 남의 험담 한두 마디는 뒤에서 거침없이 하곤 했습니다. 그런데 김썬을 만났습니다. 김썬은 화장실에 혼자 가곤 했습니다! 화장실에!! 혼자!!! 아니, 화장실에 혼자 가면 줄 서 있는 동안 누구와 이야기를 하며, 오가는 동안에도 혼자 외로워서 어떡합니까! 하지만 김썬은 화장실에 혼자 갔습니다. 남의 험담도 한 번도 입에 올리지 않았습니다.

또, 정말 모두의 원망을 샀던 아이 앞에서도 위로의 말을 건네며, 주먹싸움이 났을 때 흥분하여 동네방네 알리고 다녔던 저와 이지를 말리며 "너네도 싸움을 보지 말고 들어가라"고 하였습니다. 고작 한 달 일찍 태어났을 뿐인데, 그때 김썬과 제 성숙도를 비교하면 몇 년은 차이가 나는 것 같습니다. 친구들끼리 편을 가르고 또 가를 때 김썬은 옆에서 제게 자신은 "오는 사람 안 막고 가는 사람 안 말린다"고 하였습니다. 이 또한 그 당시의 제게는 얼마나 혁명적인 말이었는지요! 아무런 절교선언이나 언쟁 없이 원할 때 친해지고 원하지 않을 때 멀어지는 친구 사이라니, 쿨함의 극치였습니다.

성숙한 김썬으로 인해 저도 중3 때 정신적으로 무척 교육을 많이 받았습니다. 학기 초반에는 모든 남자아이들과 친하고 여자아이들과도 사이가 좋은 선영이에게 잘 보이고 싶은 마음에 험담 안 하는 척, 쿨한 척을 많이 하였지만 나중에는 따뜻하고 어른스러운 선영이에게 잘 보이고 싶은 마음에 착한 척을 많이 하였던 것 같습니다. 그런 김썬의 어른스러운 면모와 교육을 진심으로 받아들이기에는 중학교 졸업하고 나서 한 학기 정도가 더 걸렸지만, 결국에는 교우관계에 있어서는 선영이의 영향을 매우 크게 받았습니다. 아, 물론 화장실뿐만 아니라 어디든지 친구의 손이나 팔짱 없이도 갈 수 있게 되었습니다.

김썬과 교육 이야기를 하니 선영이에게 성교육도 많이 받았다는 사실이 떠오릅니다. 아, 이런 이야기를 하면 김썬이 싫어하려나 모르겠습니다. 하지만 다른 아이들이 킬킬거리며 성에 대한 이야기를 거침없이 할 때 김썬은 제가 물어보는 것에 대하여 차분히 설명해 주었던 것이 생각납니다. 또, 제가 졸업여행(혹은 소풍)과 생리 날짜가 겹쳐서 곤란해 하자 제게 피임약을 건네주었던 것도 김썬이었습니다. 설명과 함께 말이죠.

제가 태어나서 여태껏 가장 격렬하게 웃었을 때, 김썬도 함께였습니다. 당시 '기절게임'이 유행하고 있었습니다. 숨을 참게 한 아이의 명치를 세게 눌러 잠시 기절시키는 위험한

놀이였죠. 하영이도 하영이 친구와 함께 기절게임을 하러 온 적이 있었는데, 이 때도 하영이가 있었는지는 확실하지 않습니다. 김썬과 기절게임을 하고 싶어 하던 중이었습니다. 그런데 김썬과 제가 하기는 위험해 보여서 하기 싫어서 고민하던 찰나, 건강해 보이는 허정(허정준)이 지나갔습니다. 허정을 꼬시고 꼬드겨 결국 허정은 뒷문 옆 벽에 기대섰고, 저는 옆에서 허정이 쓰러지면 받쳐주려고 대기하며 손을 준비 자세에 두었고, 선영이는 허정의 명치를 두손으로 꾸욱 눌렀습니다. 몇 초를 눌렀을까 허정은 아무 반응이 없었습니다. 김썬은 손을 때었고, 저 또한 실망하며 대기 자세에서 벗어났습니다. 아쉬운 마음에 김썬이 에이, 하며 허정 팔을 손으로 건드린 순간, 허정이 앞으로 숙이기 시작하더라구요. "얘 장난치나?"와 "어디 아픈가?"라는 생각이 교차하는 순간 허정이 '쿵'하며 쓰러졌습니다. 기절시키는 데에 성공한 것이었으나, 단지 허정의 눈이 감기지 않았을 뿐인 것이죠. 기절이라고 믿지 않았던 저는 넘어지는 애를 받칠 생각도 안 하고 옆으로 쏙 피했고, 쿵하며 쓰러진 허정은 눈을 의식이 있는 것처럼 멀쩡하니 뜨고, 한 쪽 팔은 뒷문 밖으로 뻗은 채 누워 있었습니다. 당황한 선영이와 저는 1, 2초간 잠시 멈춰 있다 서로의 눈을 마주치고는 동시에 미친 듯이 웃기 시작했습니다. 아, 하영이는 없었던 것 같습니다. 배가 움켜쥘 정도가 아니라, 입이 찢어질 듯이, 숨이 차도록, 머리가 아프도록 웃었습니다. 허정의 정신이 몇 분 후 돌아올 때까지 그렇게 웃었습니다. 허정에게는 미안하였지만 아직까지도 그 정도로 심하게 웃긴 적은 없습니다. 아마 그 순간의 당혹감과 허정이 누워 있었던 모양, 그리고 서로의 삥져 있는 표정이 모두 합쳐져서 그렇게 웃었던 것 같습니다. 그런 순간이 앞으로 또 올지...

하지만 여기에서 막혀버리고 맙니다. 초록색 체육복을 입고 줄넘기를 하고 있는 김썬, 노래방에서 몇 번이고 들려 주었던 '꿈에'와 가끔씩 좋은 노래 발견했다고 귓가에서 조용히 불러주던 노래들, 좋아하던 "지저스 크라이스트 수퍼스타" 뮤지컬, 웃고 화내며 위로하던 여러 표정들, 김썬이 신던 슬리퍼와 신발, "챙~"... 짧고 짧은 이미지와 느낌, 소리밖에 기억나지 않습니다. 1년 동안 붙어 다녔는데 왜 더 기억이 나지 않을까요. 김썬과 헤어지고 나서의 6년 간 기억이 모두 돌아오며 김썬을 자꾸만 덮습니다.

선영이와 저는 고등학교 1학년 때 한두 번인가 잠깐 만나고 그 후 본 적이 없습니다. 싸이나 페이스북으로 가끔씩 서로의 안부를 묻거나 선희를 통해 소식을 듣고, 병원에 처음 입원하였을 때 한 짧은 통화와 페이스북 쪽지가 전부입니다. 이번 여름 친구 '이지'가 한국에 들어오면 드디어 같이 보려고 했는데 말이죠. 저 이제 드디어 어른스러워졌는데 말이죠. 언제든지 볼 수 있다고 생각을 해서 연락을 미루고 미루었던가요, 선희도 마지막으로 만난 지 벌써 2년이 되었더군요. 후회와 함께 다짐을 하게 됩니다.

김썬이 제게 써 준 크리스마스 카드에 김썬은 제가 어둠 속의 빛이었고 선희에게 절 알게 해 주어서 고맙다고 했습니다. 그때도 지금도 읽으며 같은 생각이 듭니다.

"아니, 내가 해야 할 말을!"

선영이는 제가 선영이에게 잘 보이려고 노력한 걸 모르나 봅니다. 아, 만나면 말해 주고 싶었는데...

'사실은 너처럼 쿨해지려고 하고 싶은 험담도 줄이고, 싫어하는 아이에게 따뜻한 말도 같이 건네고 외설스러운 친구들의 농담에 덜 웃으려고 노력한 건데.'

이렇게 말해 주고 싶습니다.

5. 속마음을 나눌 수 있는 진정한 친구

유아람(중학교 친구)

선영이와는 중학교 1학년 5반에서 만났습니다. 사실 그때는 서로 마음을 터놓을 정도로 친한 친구는 아니었습니다.

고등학교 들어와서 선영이가 많이 힘들어 하던 시절이 있었습니다. 가족들, 학교, 사회에 등을 돌리려 할 때가 있었습니다. 그때 저와 우연히 연락을 하게 되어 서로의 슬픔, 고통을 나누고 통곡하고 울고 분노하면서 마음을 열고 서로를 믿고 의지하게 되었습니다. 저와 선영이 둘다 그 시절에는 많이 어렸고, 그저 상처받고 힘든 마음을 기댈 어딘가가 필요한 거였겠죠. 문자와 편지로만 얘기를 주고 받았지만, 우리는 서로 힘이 되면서 잘 이겨냈습니다.

아버님께서 편지를 읽다가 가슴 아파하실 부분이 있을 꺼라 생각되지만, 너무 마음 상하지 않으셨으면 합니다. 선영이는 처음에는 화내고 그랬을지라도 속으로 진정 아버님과 가족들을 사랑하는 아이였습니다. 어찌나 따뜻한 아이였는지, 중학교 때부터 친구들이 지금까지도 소중히 마음에 담고 있는 걸 보면 아실 꺼라 생각됩니다. 뒤늦게 스스로 알아챘지만, 가족을 정말 사랑하고 있었습니다.

선영이의 별명이나 행동은 중학교 여자친구들이 잘알 꺼라 생각됩니다. 아직도 선영이한테 문자나 편지가 올 것만 같습니다. 믿기 싫은 건지, 믿을 수 없는 건지 모르겠습니다.

참으로 다행인 건, 제가 유럽에 갔을 때 선영이에게 엽서를 곳곳에서 보내 그렇게 가고 싶던 곳에서 엽서를 받을 수 있게 했다는 거라 생각하고 있습니다.

슬픈 건 직접 만나서 여행 이야기를 밤새서라도 나누지 못한 것이고요. 세계 곳곳을 얼마나 다니고 싶어했는지 여행을 입에 달고 살았습니다.

저는 선영이가 잠시 혼수상태였던 것이 영혼이 세상을 둘러보느라 그랬던 게 아닐까 생각이 가끔 듭니다. 서로의 마음의 안식처가 된 친구를 멀리 보냈다고 생각하고 있습니다. 그저 오래 못만날 뿐이겠지요. 천국에서 잘 지내고 있을 꺼라 믿습니다.

6. 우리는 영원한 B.F

박가은(세원고 제1막 친구)

우리는 항상 이 말을 강조했다. 이 말에 대한 자부심이랄 까, 항상 꼬리표처럼 붙었던 B.F 한울, 선영, 가은. 이 말을 달고 온지도 벌써 7~8년이 되었다. 캬...시간이 참 빠르게 지나가네. 우리 셋이 뭉쳐 다닐 때가 엊그제 같고 아직도 생 생한데 말이지.

선영이와 내가 본격적으로 친하게 지내게 된 건 고 1때 다. 우린, 신일초에 이어 신일중학교까지 같은 학교를 나왔 기 때문에 안면은 익히 알고 있었다. 신일초 ,신일중 나온 애 들은 다 알겠지만, 워낙 좁으니 연결 연결로 거의 다 알고 있 었다. 얼굴은.

선영이 같은 경우는 워낙 소문들이 많아서 유명(?)했었 다. 난 한 번도 같은 반을 해 본 적이 없었는데 선영이를 잘 알고 있었다.

누구나 겪는 일이겠지만, 초등학교 · 중학교 땐 반에 여자들끼리끼리의 몰려다님과 시기와 질투, 왕따 같은 일들이 반복되었다. 난 그런 것들에 너무 질려 있었고 정말 싫었다. 여자아이들끼리 몰려다니면서 앞에선 잘하고, 뒤에선 욕하고. 그런 가식쟁이들 보기가 싫었었다.

선영이도 마찬가지였을 것이다. 선영인 그런 여자아이들을 무지 싫어했고, 남자아이들과 완전 어울려 다녔다. 행동과 말투, 생각 등이 모두 남자 같았다. 그래서 주변 여자아이들 무리에게 시기와 질투를 받았었다. 왜냐하면 자기들이 좋아하는 남자와 친구라는 단순한 이유 때문이다. 그때 참 고생했을 거 같다. 여자아이들은 은근히 그런 것에 과민반응하고 질투와 미움이 생기면 독한 마음이 한도 끝도 없어지니까. 우리 반 여자아이들이 욕하는 소리를 들어서 난 선영이를 알게 되었다. 난, 선영이와 비슷한 생각이었기에 선영이를 오히려 응원했었다. (나혼자)ㅋㅋ

그렇게 소문만 듣고, 지나다니며 얼굴만 보게 되고, 또 나랑 같은 반인 남자아이들이랑도 친한 친구였기에 이런저런 얘기를 들으며 중학교를 졸업하고 고등학교에 입학했다.

"세원고등학교"

이 학교는 식사동 외딴 곳에 있는 학교였다. 아는 애들도 없고 나 혼자 온 것 같은 마음에 암울했었다. 혹시나 해서 신일중학교에서 온 애들이 있을까 찾던 중 같은 반 교실에 떡하니 앉아 있는 선영이를 발견했다.

왠지 모를 반가움이 생겼다. 근데 우린 운명이었을까? 너무나도 자연스레 친구가 되어버렸다. 그때 어떤 일이 있었고 어떻게 친구가 되었는지 자세히 생각이 안 난다. 그냥 우린 당연스레 너무나 자연스럽게 친구가 되어 항상 함께하게 되었다.

신입생 환영공연으로 연극부에서 하는 "첫사랑"이라는 공연을 보고 반해 우린 고민하지도 않고 연극부에 지원했다. 그렇게 오디션을 보고 연극부에 들어가게 되었다.

'세원고등학교 연극부 제1막 7기'라는 타이틀은 우리에게 큰 자부심이었다. "연습만이 살 길이다."라는 교훈을 마음에 들어하며 "바위처럼"이라는 연극부가도 열창했다.

우린 너무나 열정적이었다. 자기는 몸치라며 항상 투덜거리면서도 할 땐 다하고, 특히나 나랑 같이 한국무용과 풍물을 무지 좋아했다. 항상 둘이 연습도 하고 맞춰보고 너무 즐거운 시간들이었다. 연습이 늦게 끝나고 집에 올 때 일산교를 걸어오던 게 생각난다. 우린 집도 가까워서 항상 자기 전까지 같이 있었다. 그때를 생각하면 정말 웃음만 나온다.

선영인 무대는 자기랑 맞지 않는다고 했었다. 연기를 하
고 대사를 하고 하는 것이 뻘쭘해서 어려워했다. 하지만 연
극은 좋아했다. 그래서 무대스텝이나 음향스텝 같은 걸 더
많이 했던 것 같다.

나랑 같이 호수공원에서 공연했던 "첫사랑" 무대스텝을 했
을 때 정말 재밌었다. 그때가 아마 선영이가 연극부를 나가
기 전에 했던 마지막 공연이었던 것 같다. 선영이가 아빠랑
무지 갈등했을 때였을 거다. 선영이랑 끝까지 잘하고 싶었는
데……. 선영이도 그러고 싶어했지만 집에서 너무 반대를 하
니까 그런 거에 스트레스를 많이 받았다.

연극부를 나가겠다는 결심을 한 건, 아빠랑 어떤 타협을
봤던 것 같다. 그렇게 아쉬운 마음으로 연극부를 나가고, 그
후에도 연극부에 대해 항상 관심을 두었다. 나는 끝까지 연
극부를 했으니까 항상 공연 있으면 보러 오고 대회 같은 것도
그렇고, 내가 힘들면 위로해 주고, 내 얘기도 다 들어 주고,
송쌤도 자주 찾아뵙고, 항상 옆에서 도움을 주었다. 그렇게
라도 자기를 위로했던 걸까? 연극에 대한 꿈은 저버리지 않
았었다. 독일어를 공부하면서도 연극과 뮤지컬은 항상 관심
사였다.

내가 뮤지컬을 꿈꾸고 대학교를 진학하니까 선영이가 옆
에서 정말 많이 도와줬다. 뮤지컬 노래에 대한 정보는 빠삭
하니까 나한테 추천도 해 주고 같이 보자고 맨날 그랬다. 내
가 자금사정 때문에 다 보지는 못했던 게 너무 아쉽다. 항상

나보고 같이 보러가자고 했었는데……. 휴!

말하다 보니 과거와 현재를 왔다갔다 한다. ㅋ 다시 과거
로 돌아와서 기억을 더듬어 본다.

세원고등학교는 참 예쁜 학교였다. 봄·여름·가을·겨
울, 풍경이 다 다르고 사진 찍으면 정말 예뻐서 쉬는 시간에
산책하기 좋은, 햇살이 좋은 학교였다. 선영이랑 나는 항상
쉬는 시간만 되면 매점에 들려 간식거리를 사서 밖으로 나와
음악을 들으며 산책을 즐겼다. 우린 정말 하루도 빼먹지 않
고 같이 붙어다녔다.

선영이는 나를 "빡까"라 불렀다. 항상 나는 "빡까"였다.
아직도 선영이의 "빡까"소리가 귀에 생생하다. 전화로 들려
오던 목소리, 같이 있을 때 부르던 목소리……. 아직도 생생
하다. 참 친근했던 듣기 좋은 "빡까".

"선영아! 그거 알아? 내가 어렸을 때 제일 싫어했던 별명
이 빡까였던 거. 남들이 불렀던 빡까는 정말 싫었어. 근데 너
가 불리 주던 빡까는 왜 그리 좋았을까? 남들한텐 부르지 밀
라 했었는데…. ㅋ히힛."

남들이 우리 뒷모습 보면 연인같다고 했었다. 난 긴 생머
리에 누가 봐도 청순한 여고생 느낌이었고, 선영인 짧은 머
리에 남자처럼 입고 다녔기에 항상 그런 말을 들었다.

우린 겉모습은 정말 다른데 비슷한 점이 많았다. 털털한
성격도 비슷했고, 생각하는 것도 많았고, 음악듣는 거, 노래
방 가는 거, 수다 떠는 거, 커피 마시는 거, 보라색에 미쳐
있는 거…. 이 밖에 비슷한 점이 정말 많았다. 그냥 같이 있

으면 너무 재밌고 뭐 그리 할 말이 많은지 입이 쉰 적이 없었다. 우린 시도 때도 없이 노래를 불렀고, 특히 둘이 화음 넣는 걸 좋아했다. 우리 둘이 화음 넣어서 부르면 진짜 환상이었는데……. 그때 녹음이라도 많이 해 놓을 걸. 왜 녹음할 생각을 못했을까 지금에서야 후회가 된다.

그러다 2학년 때는 다른 반이되었는데 그래도 우린 항상 같이 있었다. 밥도 같이 먹고, 쉬는 시간엔 무조건 만나서 놀았다. 내가 맨날 선영이 반에 찾아가서 수다떨고 먹고. 가끔 쪽지도 주고받고 했는데…….ㅋㅋ

한울인 그때 만나게 되었다. 선영이와 한울이가 같은 반이었는데 항상 짝꿍이었다. 내가 맨날 놀러 가니까 자연스레 만날 수밖에 없었다. 근데 한울인 항상 자고 있었다. 학교 다니면서 그 아이가 깨어 있는 모습보다 자고 있는 모습이 더 많았던 것 같다. 우리의 수다소리에 깨서 맨날 뭐라 칭얼거리다 다시 자고.ㅋㅋ 그러다 자연스레 함께하게 됐다. 한울이가 나중에 말했는데 ㅋㅋ내가 같은 반인줄 알았다고 했다. 맨날 깨면 옆에 있으니까 당연히 같은 반일 거라고 생각했단다. 귀여운 녀석!

한울이가 남자이고, 우리가 여자라 생각하겠지만 오히려 그 반대였다. 우리 셋이 있을 땐 한울이가 여자 같고 우리가 남자 같았다. 우리 셋은 진짜 그냥 분신이었던 것 같았다. 뭘 하든 셋이서 항상 함께였으니까.

원래 친한 친구들을 보면 거의 동성인데다 세 명이라는 숫자는 뭔가 애매한 숫자다. 근데 우린 혼성이고 세 명이었다.

하지만 남자, 여자가 아니라 우린 그냥 한울, 선영, 가은으로 영원한 BF이다.

한울이도 나도 선영이도 고등학교 때가 제일 힘든 시절이었다. 슬럼프가 너무도 크게 왔었고, 우리 셋만 아는 비밀스런 일들도 있었다. 그렇게 힘들 때마다 우린 항상 약속이라도 한 듯 옆에 있었다. 번갈아가며 힘든 시절이 왔었는데, 그때마다 항상 함께 있어 주었다.

우리 셋은 정말 비밀이 없었다. 고등학교 때는 항상 셋이 함께했는데 대학교에 진학하면서 서로 만나기가 정말 어려웠다. 한울인 군대로 가 버렸고, 우린 각자 학교에 다니니까 시간이 정말 맞질 않았다. 둘둘이는 쉽게 만나고 자주 만났는데, 셋이 모이는 게 정말 어려웠다. 더군다나 난 서울로 이사를 가고, 한울인 의정부로 이사가면서 더 만나기가 힘들어졌다. 선영이랑 나는 맨날 연락하고, 그러다 시간나면 가끔 만나고 그랬지만 셋이 같이 만나는 일이 왜 그리 어려웠는지 모르겠다. 내가 회교가 바쁘다는 핑계로 더 만나질 못했다.

어렵게 셋이 만나게 되면 우린 고등학교 때로 돌아간 느낌이었다. 오랫만에 만났지만 어제 봤던 우리처럼. 셋이서 같이 여행도 갔었다. 남들은 우리를 이해하지 못했다. 어떻게 그럴 수 있냐며. "여자와 남자는 친구가 될 수 없다."라는 말을 많이 하지만 우린 항상 말했다. 우린 될 수 있다고. 우리가 바로 그런 존재라고.

지금에서야 한울이나 나나 후회하는 일들이 많다. '그때 꼭 해 둘 걸, 이거라도 해 줄 걸.' 하면서. ㅋ

어쩌면 너무나 편했기에, 당연한 내 사람이었고, 너무나도 익숙했기에 서로에게 신경쓰지 못했던 점들이 많았던 것 같다.

우리가 함께 해온지 8년째 되는 해에 선영이가 너무나 갑작스럽게 하늘나라로 가 버렸다. 정말 믿기지 않는…, 말도 안 되는 일이 생겨버렸다.

남들이 선영이를 봤을 땐 남자답고 쿨하고 어른스럽고…, 이런 우상적인 면을 얘기하지만, 내 옆에 있는 선영이는 정말 여성스럽고, 소심하고, 애교스럽고, 장난끼 많고, 잠보에 게으름쟁이다. 선영이는 누가 엉겨붙은 걸 무지 싫어하는데 나한테는 막 늘어지면서 엉겨붙고 껴안고 나름 애교도 부리고 그랬다. 나도 물론 선영이한테만은 막 애교부리며 투정도 부리고 했다.

나는 항상 상담자 역할이었고, 항상 나를 드러내지 않는 입장이었는데, 내가 유일하게 내 고민을 털어놓고 상담 받을 수 있었던 게 선영이였다. 내 고민이 어떤 것이든 다 받아 주고 얘기해 주고 어쩔 땐 꾸중도 하고 조언해 주었던 사람이 바로 선영이였다.

나의 아픔을 제일 잘 알고 있던 선영이였는데……. 난 마지막에 선영이가 제일 아팠을 때를 몰라주었다. 선영이의 병을 믿고 싶지 않았고, 또 나쁘게 생각하고 싶지 않았다. 골수이식 소식을 듣고 이제 진짜 나을 거라 생각하고 다행이라 생각하며 마음이 놓였었는데……. 이렇게 한순간이라니, 너무 어이가 없었다. 내가 왜 지금의 일을 시작했을까? 이 일도 선영이가 추천해 준 거였는데…….

"항상 우린 함께할 거다."라며 떠들었던 내가 옆에 있어
주지 못해서…, 뭐라고 해야할지…, 말로 다 표현을 못할 것
같다. 얼마나 나한테 서운했을까? 그런 거 말 잘 안 하는 성
격이란 걸 알기에 혼자 아파했을 선영이를 생각하니 가슴이
너무 아팠다.

난 지금도 믿기질 않는다. 선영이의 마지막 모습이 아직
도 아른거린다. 입관할 때의 모습 너무나 충격적이었다. '항
상 활발하던 내 친구 선영이가 맞나?' 싶을 정도로……. 얼굴
에서 느껴졌다. 그동안의 아픔이……. 그래서 너무 가슴이
아팠다. 차마 만질 수도, 말할 수도 없었다. 한울이 나, 둘
다 말없이 눈물만 흘렸다. 항상 같이 웃고 떠들던 모습과 입
관식에서의 모습이 자꾸만 교차된다.

장례식장에서 한울이와 나, 정준이 이렇게 셋이서 어깨동
무하며 우리끼리 있을 때만 울자며 하염없이 울었었다.

예진에 선엉이랑 했던 말이 생각났다.

"누가 죽든, 이 세상은 잘만 돌아간다. 아무 일도 없었던
듯이 잘만 돌아간다."

믿고 싶지 않지만 현실이 그렇더라고 느끼고 있다. 한울
이와 나는 요즘 옛 추억을 떠올리며 웃고 떠들던 그때의 사진
이나 기록들을 보면서 자연스레 선영이 얘기를 한다. 평소처
럼 당연히 있을 거라 생각하며 수다를 떤다. 선영이랑 같이
했던 것들, 갔던 곳들, 선영이도 아마 왔을 거라며 말도 걸
고, 그렇게 옛 추억에 빠져 행복해 하다가도 갑자기 현실로

돌아와 울고 있고, 울다가 웃다가를 반복한다. 이 글을 쓰고 있는 지금도 참 기분이 묘하다. 우리들의 일들을 글로 표현한다는 게. 정말 글로는 다 표현 못할 것들이다.

아직도 믿고 싶지 않지만 선영이를 위해서 우린 그냥 예전처럼 지낼 거다. 항상 함께 했던 우리들로, 예전처럼 앞으로도 그럴 것 같다.

영원한 BF 한울, 선영, 가은으로....^^

"영원히 함께하자던 약속, 잊지 않았지? 언제나 우린 함께 라는 것 잊지 마. 항상 우리 마음속에 너 간직하고 함께할 거니까."

이 말 많이 못 해 줘서 미안해.

"언제나 사랑한다. 내 친구 선영아. ^^"

7. 0순위 친구 선영에게

김한울(세원고 친구)

어떤 말로 시작해야 할지 모르겠다. 우리는 서로 너무나도 익숙한 존재였기에 글로 쓰는 단방향적인 방법보다는 대화로 소통하는 편이 나에겐 너무 편하고 좋은데 말이야.

사실 난 처음엔 너무 믿기지도 않고 지금도 믿기지 않지만 사실 슬픔과 원망이 너무나도 컸던 것 같아. 상상조차도 할 수 없는 두려움과 주마등처럼 지니기는 추억에 나는 정신이 없었던 것 같아. 하필 왜 너였고 내 주변이었는지, 누구를 원망할 수도 없는 아픔에 눈물조차 흘릴 수가 없었다.

너라는 친구를 7년 동안 거의 매일 만나오면서 나는 너에게, 너는 나에게 익숙해져 갔었고 항상 우리는 서로의 고민을 지적하고 고쳐주는, 한편으로는 냉정했고, 한편으로는 서로를 너무나도 잘 알고 걱정이 되었기에 항상 답은 자신 안에 있다는 걸 알면서도 우리는 친구라는 이름으로 너무나도 의지하고 기대었기에 이 사실을 너무 받아들이기가 힘들어..

내가 일산으로 다시 이사 오게 된 이유도 너라는 이유가 포함되어 있었는데……. 무엇을 해서 만나는 게 아니라 너라서 또 넌 나라서 그것만으로도 이유가 되었었는데 말이야...

남들이 보기엔 항상 밝고 건강한 모습만을 봤다면 나는 너에 대해 어둡고 아픈 모습도 보아 왔던 친구 중에 한 명이라고 생각하는데 맞지? 나 역시도 밝음 뒤엔 어두운 면이 있기에 공감이 가지 않았을까 싶네.

넌 이런 말을 잘 썼던 것 같아.

"우리 한울인데..."

나는 그런 표현에 너무 인색하다고 할까? 너에게 그런 표현조차도 못했던 게 너무 후회가 되고 미안한 마음이 든다. 그래도 우리는 서로 말을 안 해도 알았다는 생각에 내 자신을 위로하고 있어.

고등학교 2학년 때 우린 한 번 빼고 1년 내내 짝궁을 하면서 친해지게 되었지? 그때 당시엔 왜 이렇게 우리 둘이 어두운 생각만을 했는지. 그때 당시엔 죽음이란 것을 왜 이렇게 쉽게 생각했는지. 지금 네가 이렇게, 아니 너랑 놀지 못하는 지금에서는 그 죽음이 얼마나 무겁고 두려운지 알 것 같아.

지금에 와서 생각해 보면 그때 당시에 그 고통을 즐기고 있었는지도 모르겠어. 네가 그렇게 가고 네 아버님이랑 대화를 많이 하게 되었는데 진짜 그 대화 속에 너랑 대화했을 땐 느끼지 못했던 아버지의 멋진 모습과 너를 사랑하는 감정을 느낄 수 있었던 것 같아. 네가 사실 집에 대한 원망도 꽤나 있었잖아? 근데 아버지 말씀을 들어보니 그랬어야 하는 이유

도 알게 되고……. 사람들은 항상 자기 잣대로 어떠한 것을
판단하는 것이 대다수인데 우리는 그걸 너무나도 싫어하면서
도 우리의 잣대는 너무나도 내세웠다는 생각이 들더라구.

사실 난 말을 완전 잘하는데 말이야. 이렇게 글로 쓰려니
까 안 그래도 두서없이 말하는데, 너무 힘든 게 사실이다.
사람들이 원래라는 말을 자주 쓰는데 원래라는 말은 없잖아.
이 세상에 그렇게 자주 생각하고 항상 생각하면 그게 원래가
되는 거고 현실이 왜곡될 수도 있는 거구.

뭔 말을 하는지……. 그렇지만 우리는 항상이고 우린 원
래였던 말을 쓸 수 있었으면 좋겠다. 앞으로도.

너는 갈 때까지 나를 잊지 않고 가서 우리는 평생 친구란

약속을 지켰지만, 시간이 가도 나도 너를 잊지 않는 그런 사랑, 네가 나에게 주었던 사랑을 나도 너에게 줄 수 있었으면 좋겠다. 생각해서 네가 생각나는 그런 게 아닌 ······.

우리 나중에 너는 독일로 가서, 나는 스페인으로 가서 살면서 서로 자주 놀러 다니기도 하자고 했었는데······. 나중에 나이 먹으면 집 지어 놓고 위아래로 같이 살자고도 했었지.

사실 네가 그렇게 간 후로 너의 소중함을 더 알게 되었는지도 모르겠어. 아무것도 할 것 없고, 심심할 때, 내 고민 상담할 때, 노래방 가고 싶을 때, 놀러 가고 싶을 때, 네가 너무 나의 생활 속에 깊이 박혀 있었더라구.

현실이기에 나도 내 생활을 하겠지만 그 생활 속에 네가 없다는 것이 너무나도 큰 돌을 혼자 들고 가는 느낌이 든다.

고등학교 때부터 너랑 하도 다녀서 주변사람들이 다 여자 친구, 남자 친구인줄 알았을 거야. 넌 그렇게 가면서도 나에게 선물을 주고 갔더라. 7년 동안 내 생일날 한 번도 빼먹지 않고 다 챙겨 줬는데. 네 생일 3월 20일, 너의 기일 4월 30일, 0+3+2+0=5, 0+4+3+0=7, 5월 7일, 내 생일이잖아.

네가 나를, 또 우리를 떠났다고 생각하기보다는 네가 나를, 또 우리를 지켜주고 있다고 생각하는 편이 더 받아들이기 쉽겠지?

"너는 너라는 이유만으로 나에게 1순위가 아닌 0순위 친구야."

네가 했던 말 나도 똑같이 쓴다. 너를 이렇게 생각할 수

있다는 자체로도 난 행복한 사람이라고 생각해. 네가 나에게
준 행복은 바로 너이기 때문에…….

네가 떠난 후 꾼 꿈을 글로 써 봤어.

2011년 5월 25일 꿈

공간적 배경 – 세원고등학교
시간적 배경 – 2011년 5월 25일 현재

4교시 끝나는 종이 쳤다. 꿈에서 나는 빡가(선영이와 함
께 세원고 베스트 프렌드인 박가은 양을 일컬음)와 짝궁이었
다. 빡가가 점심을 먹으러 가자고 나를 데리고 매점으로 향
한다(매점은 식당이었다). 매점을 들어서는 순간 매점 끝 벽
쪽에 라디에이터에 김선영이 앉아 있었다.(점심을 먹으러 온
식당엔 사람이 많이 붐비었다).

나는 놀래서 김선영에게 뛰어가 "어떻게 된 기냐?"라고 묻
는다. 그 순간 빡가는 알고 있었다는 듯 웃었다. 김선영이 말
했다.

"의학적으로는 죽었는데 의학적으로 설명할 수 없이 어떻
게 하다가 다시 살아났다."

그때의 김선영의 모습은 창백한 얼굴에 환자복 차림으로
머리엔 하얀색 비니를 쓰고 있었다. 내가 김선영의 얼굴을
만지는 순간 ,차가운 기운을 느낄 수 있었다.

옆에 서 있던 사람이 김선영을 보고 말하는 소리가 들렸

다.

'꼭 죽은 사람 같다.'

나는 그 말에 화가 나 그 사람을 때리려 멱살을 잡았다. 김선영이 웃으며 참으라며 말렸다.

점심시간이 끝나는 종이 쳤다. 빡가는 한문시간이라며 교실로 들어갔다. 나는 김선영을 데리고 교실로 가려 했지만 김선영이 머뭇거리며 말했다.

"나 환자복 차림이라 창피해서 교실에 못 들어간다. 나는 화장실에 있을게."

그래서 결국 김선영은 나만 교실로 보냈다.

그런데 내가 교실로 들어가려는 순간 다시 못 볼 수도 있다는 생각에 화장실로 뛰어갔다. (화장실의 위치는 연극부실 앞이었다.) 그러나 화장실에는 김선영이 없었다. 나는 울며 김선영을 찾았다. 그 순간 뒤에서 김선영이 나를 놀라게 했다. 나는 순간 두려움과 반가움에 눈물을 흘리며 욕을 하기 시작했다.

그러다 김선영 아버지께서 부탁하신 선영이한테서 받은 편지를 복사해 달라는 이야기를 김선영에게 하였다. 그러면서 김선영에게 선영이가 나에게 주었던 편지를 주어 읽게 했다. 자신의 편지를 보며 선영이가 말했다.

"내가 옛날부터 이렇게 간섭하고 구속하는 거 싫어하는데 아빠는 이렇게 되어서까지도 나를 구속하려 든다."

그래서 나는 어떻게 해야 하냐고 김선영에게 묻는다.

김선영의 말

"주지 마. 내가 알아서 할 게."

김선영은 자기는 병원에 가야 한다며 나를 자꾸 교실로 보내려 했다. 나는 다시 못 볼 수도 있다는 두려움에 들어가려 하지 않았다.

나는 김선영에게 진짜 비밀 이야기가 있는데 지금 하지 않고 나중에 만나서 이야기하겠다고 말했다.

"얘기 듣고 싶으면 어디 가면 안 된다."

(내가 이 이야기를 하면 김선영이 어떻게 말할까 너무 궁금했다.) 그러자 김선영은 김선영 엄마의 핸드폰을 나에게 건네 주었다. 아빠가 데리러 온다고 병원에서 나중에 보자며 나에게 작별을 고했다. 나는 교실로 향했다. 김선영은 교문으로 향했다. 내가 교실에 들어왔다.

빡가는 엎드려 있다. 한문 선생님이 말했다.

"개학 후 첫날이라 출석체크를 안 했단다."

나는 김선영 엄마 핸드폰으로 김선영에게 문자를 했다. 출석 체크 안 했다는 이야기를 들은 김선영이 웃으며 나중에 병원에서 보자며 꿈이 깼다.

이 꿈을 꾸고 얼마나 기쁘고 또 현실을 받아들이기 힘들어 얼마나 눈물을 흘렸는지 몰라. 내가 연락하면 언제든 항상 그래 왔던 것처럼 나를 받아 주길 바란다. 친구야~

8. 너무나 씩씩하고 밝던 선영이를 생각하며

함형진(독일문화원 선배)

저는 지금 삼성에서 4년째 엔지니어로 근무하고 있구요, 수원에 살고 있습니다. 선영이와 처음 만났던 때는, 더듬어 보니 꽤 오래 전이네요. 제가 대학교 3학년 때, 그러니까 2005년 말로 기억합니다. 독일 유학을 준비하며 지금의 아내와 함께 독일어 기초를 배우기 위해 남산자락에 있는 독일문화원, 괴테 인스티튜트를 찾았습니다.

처음 영어가 아닌 외국어를 배운다는 설레임과 부담이 있었지만, 그때 당시 저희 반을 맡으셨던 선생님도 좋으셨고 (주미경 선생님), 무엇보다도 수강생들의 분위기가 좋았습니다.

그 중에서도 가장 큰 역할을 한 건, 그때 당시 고등학생이던 선영이와 최민아라는 친구였습니다. 아시겠지만 아무래도 어른이 되어가면서 처음 만난 사람들과 더 낯설어지는 게 우리 한국사람 정서인데, 거기에 그 두 명이 있어(특히 선영이. 민아는 조용한 친구였구요.) 금방 서로 친해질 수 있었고, 마치 오랜 친구처럼 하루하루 어학원을 다니는 것이 즐거워졌습니다.

1단계 수업은 가을학기 내내, 일주일에 세 번씩 진행되었고, 선영이와 저는 나이차이가 꽤 났음에도 불구하고, 저를 형이라고 불러 주며 힘든 서로를 위로하며 공부한 기억이 납니다.

가을학기가 끝나고 겨울방학이 찾아오면서 저희들은 무리 없이 2단계로 진급하게 되었고, 저는 개인사정으로 독일 유학은 가지 않게 되었지만 취미가 생겨 계속 독일어를 배우기로 했습니다. 그러면서 지금의 제 아내는 굳이 배울 필요가 없어 그만두었구요.

독일어를 취미로 계속 공부하게 될 수 있었던 배경에는 힘들게 학원을 다니면서도 전부 다른 목적을 가지고 독일어를 공부하는 다양한 사람들을 만나 알게 되고, 친구가 되어가는 즐거움이 있었기 때문입니다.

물론 그중에는 선영이가 있었구요, 또 2단계 때 만나게 된 윤사라라는 친구도 있었습니다. 둘은 2단계 때 만나 같은 고등학생 친구가 되어 매우 친해졌습니다.

저 또한 독일어를 배우는 많은 수강생 중에 그나마 그 둘과(선영이와 사라) 나이터울이 적은 편이라, 금방 친동생, 친오빠처럼 지낼 수 있게 되었습니다. 먼저 대학교를 다니고 있던 입장에서(물론 전공은 상이했습니다만.) 이런 저런 조언도 해 주기도 하고 고민도 많이 들어주고 했던 것 같습니다. 그렇게 1년 반이라는 짧지 않은 시간동안 함께 같은 목적을 가지고 쉽지 않은 공부를 해 왔고, 그때 노력과 추억들이 지금에 저를 살게 하는 큰 원동력이 되고 있습니다.

대학교 4학년이 되고나서는 일찍 취업을 하게 되어 독일어는 더 이상 배우지 못했지만 선영이와 사라만은 먼저 연락해 주고 챙겨 주어서 인연의 끊을 놓지 않았습니다.

그 후에는 1년에 한두 번은 셋이 만나서 그동안의 이야기도 하고 앞으로의 이야기도 나누었던 것 같습니다.

졸업하고 입사한 그 해 10월에 결혼식을 할 때, 독일문화원에서 만나 알게 된 많은 사람 중에 선영이만이 멀리 부천까지 찾아와 주었던 걸 기억합니다. 멀리서 오느라 늦게 도착해서 사진을 못 찍었는지 결혼식 사진에 남아 있을 줄 알았는데, 찾아보니 없네요. 사진 한 장 남겨놓지 못한 게 지금 너무 아쉽습니다.

그렇게 결혼을 하고 그 다음 해에 아가를 낳고, 또 그 다름 해에는 돌잔치를 하게 되었는데(2010년 11월쯤이었습니다.) 여지없이 선영이는 사라와 함께 부천까지 자그마한 선물을 가지고 와 주었습니다. 너무 고마운 마음에 정신없는 중에도 그 둘만은 계속 신경썼던 걸 기억합니다. 워낙 어린 친구들이라 저와 와이프를 보러 온 다른 어른 손님들이 많아 신경을 안 쓸 수가 없었지요. 돌잔치 초대장을 보내기 위해 보낸 문자에 답문했던 선영이의 문자하나가 제 핸드폰에 지금도 저장되어 있네요..

고마운 마음에 그 다음해. 그러니까 올해 초쯤에 선영이와 사라한테 고마운 마음을 표현하고 싶어 맛있는 거라도 사주려고 약속을 잡으려고 했었지만, 사라가 약속이 잘 안 잡혀서 결국에는 선영이와 둘만 보기로 했습니다.

수원역이었구요, 아직 추위가 가시지 않은 때라 두터운 옷을 입은 채로 저녁때쯤 만나게 되었습니다. 선영이가 학교가 수원 근처라, 학교에서 바로 오는지 무거워 보이는 가방을 들고 있길래 물어 봤습니다.

아버지가 출판업을 하셔서 학교 다니면서 간간히 도와드리고 있다고 했었습니다. 선영이가 원채 밝고, 성실하다고 느끼고 있던 터라 너욱 대견해 보였습니다. 또 다시 오래만에 만난 터라 초저녁부터 이런저런 이야기들로 3~4시간이 훌쩍 가버렸더군요. 그때가 생전 마지막 만남이었단 걸 나중에 알았을 때, 추억이 슬픔으로 변하는 느낌이었습니다.

많은 시간 이야기를 하면서 그동안 몰랐던 이야기들도 많이 듣고, 몰랐던 공감내들도 많이 느끼는 시간이었습니다. 동생이 2명 더 있고, 장녀라는 이야기, 집에서 기대하고 있는 부분에 대한 부담감, 아버지 도와드리는 일들, 학교에서 같은 동기들 중에서는 언니뻘이라 MT에서 즐거웠던 이야기들, 미국 드라마 "빅뱅이론"이 너무 재미 있다며 함께 웃던 기억들, 올해 미국 간다면서 기대하고 있다는 이야기, 사실 맥주 한 잔 하면서 나눈 이야기들이라, 기억하는 부분들도 있지만, 의미 없이 지나간 말들도 많았던 것 같네요.

그렇게 시간이 흘러 집에 가야 할 시간에 선영이는 조만간 또 보자며 기분 좋게 손을 흔들며, 저 역시 선영이의 등을 두드려 주며 헤어졌습니다. 너무도 건강하게 웃어 주어 아픔이 올 거라는 상상은 조금도 할 수가 없었습니다.

하지만 얼마 뒤에 병원에서 제 싸이에 남긴 글은 조금씩 걱정을 하게 만들었습니다. 걱정은 되면서도 큰일이 아니라고 씩씩하게 말하기에 변명이지만 일에, 가정에 치여 병원을 가 보지 못했습니다. 지금에서야 너무도 후회가 됩니다.

4월말경 사라를 통해 선영이가 의식을 잃었다는 이야기를 들었을 때 너무 마음이 아팠습니다. 조금 더 신경 써줄 걸, 조금더 먼저 연락도 하고, 더 맛있는 것도 사 주고, 고민도 들어 주고 할 걸. 찾아가 본 선영이는 이미 많이 달라져 있었고 눈물을 참고 기도할 수밖에 없었습니다.

선영이가 저에게 가져다 준 의미가 있기에 평생 살면서 늦었지만 1년에 한 번은 꼭 선영이에게 다녀오려 합니다.

조금은 오래되어 정확하지 않은 기억으로 써 내려 갔는데,아무래도 매일 같이 만나고 했던 친구 중에 한 명은 아닌지라 추억이 많지 않아 죄송할 따름입니다.

그래도 문득 생각나서.. 싸이월드 방명록을 뒤져 보았습니다. 마지막으로 선영이 목소리를 추억하며 생전 너무도 밝고 씩씩했던 우리 선영이를 기억하며 글을 마칩니다. 아버님, 어머님, 또 동생들 힘내세요.

＊ 최신 날짜 순이네요.. 그러고 보니 매년 제 생일 축하해 준건 선영이밖에 없더라구요.. ^^;;

9. 이제는 천사라는 이름으로 하늘의 연인이 된 선영이

이영진(꼭짓점 댄스 카페 운영자)

시청 그리고 처음

2006년 독일 월드컵을 맞아 꼭짓점댄스 카페가 만들어졌고 나는 카페의 운영자를 맡아 활동을 하고 있었지요. 이런저런 많은 활동을 하며 월드컵을 맞이할 때쯤 토고전을 맞아 시청에서 모임을 가지게 되었고, 그때 처음으로 일산에서 온 선영이 등 일산식구들을 만나게 되었어요.

그전부터 이미 노래하는 분수대에서의 응원모임에서부터 참석을 하고 온라인상에서의 많은 활동을 했었고, 6월초 시청에서는 처음으로 만나게 되었던 것이었지요.

그때의 기억으로 떠올랐던 첫인상은 여느 여학생과 마찬가지로 평범해 보였지만. 꼭 그렇지만도 않았던 것으로 떠오릅니다. 현장분위기도 복잡하고 운영자의 입장에서는 많은 식구들을 챙겨야 했기 때문에 많은 얘기를 나누지는 못했었지요.

강변 페스티벌에서

토고전 응원모임 이후, 며칠이 지난 6월의 어느 날. 서울 뚝섬유원지에서는 온라인상의 모든 커뮤니티들이 모여서 축제를 하는 강변 페스티벌이 진행되고 있었습니다.

마찬가지로 일산에서부터 와 주었던 선영이. 같이 행사에 참여해 주고 다른 식구들과 함께 잘 어울리던 모습이 떠오릅니다.

워낙 평소에 노래를 좋아하고 잘하기에 누가 먼저라고 할 것 없이 달려간 노래방 커뮤니티의 행사장에서 다른 친구와 같이 호흡을 맞추며 노래를 열심히 부르던 모습과 내가 참석한 카페식구 전체에게 자장면을 쐈을 때 좋아하던 모습이 눈에 선합니다.

월드컵, 그리고 아쉬움, 그리고 위로

스위스전을 맞아 시청에서 많은 식구들과 모임을 가졌었지요. 많은 응원과 기대와는 달리 16강 진출에 성공하지 못하였고, 그때까지 카페의 대부분을 이끌어오던 나로서는그

동안의 노력했던 시간들과 카페식구들과 함께했던 기억에 반해 너무나도 억울한 결과를 받아들여야 했습니다. 복받친 감정에 응원이 끝나고 다같이 돌아오는 길에서 나도 모르게 뒤돌아서 소리없이 눈물을 흘리고 있었을 때, 바로 뒤에 있던 선영이가 다가와 말을 걸었습니다.

"어? 오빠 괜찮아요. 울지마요."

세상에서 가장 단순하면서도 가장 힘이 되어주던 위로의 한 마디를 건넸었어요. 모두 헤어지고 혼자 집에 돌아오면서도 그 한마디가 잊혀지지 않았었지요.

월드컵 그리고 겨울앨범

이래저래 즐거웠지만 조금은 아쉬웠던 월드컵 그후. 응원 모임에 있어서는 조금 한산했지만 이후로도 개인적으로 식구들과의 모임을 가졌었기에 오히려 그전 못지않은 활발한 활동을 했었습니다.

그리고 시간이 흘러 2006년 겨울. 카페식구들을 위한 이벤트 차원에서 캐롤을 포함한 카페테마 앨범을 만들기로 했었지요. 저와 선영, 가은이와 영배란 친구, 이렇게 넷이서 캐롤을 포함해서 여러 곡들을 녹음해서 다운받을 수 있게 만들었었지요. 선영이가 워낙 노래를 잘했다보니 그 당시 감기가 좀 있었다고는 말했지만 아무 거리낌없이 노래를 잘 부르기만 하더군요. 그렇게 작업을 다 마치고 성년이 되는 새해에 다시 만나기로 했었습니다.

새해 그리고 한신대 습격사건

어느덧 2007년 새해가 되었고 메신저를 통해 대화를 하다가 선영이의 대학진학 사실을 알게 되었고 신중하게 생각한 끝에 전공을 결정했다는 말을 듣게 되었지요.

축하도 해 주고 성년들도 되었으니 지난 녹음작업의 회식도 할겸 녹음멤버들을 불러 맥주 레스토랑으로 갔습니다. 선영이가 독일 맥주와 아일랜드 맥주를 참 좋아하던 기억이 납니다.

1월이 지나고 4월의 어느 날, 선영이와 메신저로 대화를 하다가 학기초라 아직은 어색하고 심심하다는 선영이의 말에 재미있는 장난을 생각했지요. 선영이가 학교를 등교하면 저는 카메라를 들고 선영이가 등교하는 한신대에 오후에 몰래 가서 강의실을 찾아가 놀라게 해 주자는 것이었지요.

생각보다 넓은 캠퍼스 덕에 도저히 찾기가 어려웠지만. 떠보기용(?) 문자를 보낸 끝에 겨우 강의를 듣고 있는 강의실에 도착했습니다. 도착해서 창문으로 몰래보니 다른 학생들은 아무도 없었고 선영이 혼자 강의실에 앉아서 책을 보고 있었지요. 그것도 보통의 대학생들이라면 잘 앉지 않는 맨 앞자리에서 말이지요.

강의실문을 열고 딱하니 나타나면 놀라면서 웃어 주겠거

니 했던 생각과는 다르게 문을 열고 들어가니 놀라기보다는 오히려 올줄 알았다는 표정으로 쿨하게 대하더군요. 나름 놀라게 해서 재밌게 해 주려던 거였는데 오히려 담담하게 대하니 약간 어리둥절했지만 그래도 반갑게 맞아 주는 얼굴이었어요. 그렇게 만난 후에 학교를 마치고 수원역 영화관에서 같이 영화를 보고 서로 헤어졌었지요.

어린이날

시간이 흘러 5월 초, 어린이날을 맞이하여 선영이를 비롯한 많은 친구들과 어린이대공원에서 모였습니다. 초여름의 어린이날은 많은 인파로 들끓었지만, 다같이 함께 시간을 보내는 때이니만큼 즐겁게 보냈지요.

친구들을 앞에 앉혀 놓고 저는 약 두 시간 동안 혼자 이런저런 재미난 얘기들을 하면서 시간을 보냈고 누구보다 환한 미소로 웃어 주는 선영이 얼굴이 그렇게 환할 수가 없었어요.

모든 시간이 다한 후 서로 헤어질 때 먼저 전철을 탄 저는 반대편 승강장에서 저에게 웃으며 손을 흔들어 주던 선영이의 모습을 보며 선영이에 대해 좋은 감정을 가졌었지요.

함께하며, 그리고 떠나보내며

며칠 후 우리 둘은 시간을 내어 운현궁에서 만나 궁내 구경도 하고 근처 인사동에 있던 평소 선영이가 좋아하는 경인미술관 내 찻집에서 국화차를 함께 마시고 근처 극장에서 영화를 보고 인사동을 같이 거닐며 이런저런 구경도 하던 시간이 여전히 생생히 떠오릅니다.

다시 일주일 후, 그날은 제가 선영이를 만나러 일산으로 올라가 만나기로 했었지요. 평소 조니 뎁의 영화를 좋아하기에 미리 예매를 해 놓고 보러 가기로 했었지요.

다 보고 나오는데 비가 많이 오던 날이었어요. 근처 벤취에 앉아 잠시 비를 피하며 많을 얘기를 나누다가 비가 조금 덜할 때쯤 같이 팔짱을 끼고 한 우산을 같이 쓰며 선영이가 풍물반 연습을 가야 할 시간에 맞추어 버스정류장에 바래다 주었지요.

버스에 태워 보내고 길을 건너오면서도 선영이는 제가 보이는 쪽에 앉아 있었고, 저 역시 저절로 그쪽으로 눈이 가면서 비가 오던 흐린 날에도 서로 손을 흔들며 인사를 하던 서로의 얼굴은 너무나도 또렷하게 볼 수 있었지요.

얼마 후 7월 중순이 되어 카페식구들과 강화도로 MT를 떠나게 되었습니다. 선영이도 같이 여행에 참여해 줬고, 다 같이 시간을 보내며 깊은 밤이 될 때쯤, 잠시 밖에 있었던 저는 선영이가 바닷가 근처를 홀로 걷는 모습을 보았습니다.

생각할 것이 있었는지 바닷가 근처에 앉아서 홀로 이런저런 생각을 하던 모습을 본 저는 잠시 지켜보다가 그쪽으로 발걸음을 향했고 아무도 없는 바닷가에 둘이 앉아서 아무렇지 않게 노래도 부르고 이야기도 하고 하다 다시 들어왔었습니다.

일산으로 이사를 온 후 한 카페에서 바리스타로 근무하던 저는 평소 커피를 좋아하는 선영이에게 시간이 나면 놀러 오라고 했었고 바쁜 와중에도 가끔 오곤 했었지요. 선영이가 오면 제가 제일 잘 만들던 아이스모카를 큰 컵에 담아 주곤 했었고 매우 맛있게 마시던 모습, 다음날 그 당시 초등학생이였던 영준이도 같이 불러서 그날은 제가 저녁도 같이 대접했던 기억이 납니다.

얼마 후 일산에 있는 제 집에서 선영이와 카페식구들을 초대해 집들이를 했었는데 부족한 솜씨이긴 하나 그날은 제가 직접 요리도 하고 선영이와 모두가 좋아해 주던 모습이 아직도 남아 있습니다.

하지만 몇 달 후 저는 집안 일로 인하어 다시 일산에서 부천으로 내려와야 했고 서로 바쁜 와중인지라 자주 볼 시간이 없었습니다.

2009년이 되어서야 저는 다시 일산으로 오게 되었고, 며칠 후 부천에 들렀다가 일산으로 오기 위해 영등포역에서 내려 올라가는 도중에 지하상가 입구에서 등교하던 선영이를 만났습니다.

오랫만이라는 잠시나마의 인사와 안부를 묻고 돌아서는 모습에 왠지 모르게 발걸음이 무거워지던 모습으로 남았던듯

합니다.

그후로 선영이는 바쁜 학교생활에, 저는 또 제 바쁜 일상 덕에 자주 연락하고 지내지는 못하였습니다. 항상 서로의 근황은 알고 있었지만 저는 저대로 선영이에게 좋은 사람이 되고자 하는 맘으로 바쁘게 지낸다는 것을 핑계로 살고 있었지요.

무심한 시간은 그렇게 흘러갔고. 2011년, 선영이의 입원 소식에 놀라기도 했으나 평소 선영이의 차분함과 건강한 성격을 알기에 일단은 걱정 없이 지켜보고 있었지요.

하지만 선영이를 중환자실에서 다시 만나던 날, 의식이 없는 선영이는 두 눈이 가려진 채 저를 볼 수 없었고, 저 역시 선영이의 눈을 볼 수 없다는 사실이 어떤 글귀로도 표현할 수 없을 만큼 슬펐습니다.

혈소판을 급히 구하기 위해 모든 방법을 동원해 도와드리려 최대한 모아 놨었지만, 곧 가족들을 비롯해서 모든 이들의 천사로 남게 되었습니다. 아직도 떠나기 전에 만나서 들었었던 선영이의 가쁜 호흡소리가 제 귓가에 생생하게 들리는 것 같습니다. 그 숨소리만이라도 다시 듣고싶은 마음이 아직도 떠나지 않습니다.

선영이를 만나면서 한 번도 눈물을 보인 적이 없었지만, 비가 오던 토요일, 그날은 내리는 비보다도 많은 눈물을 웃고 있던 선영이 앞에서 처음으로 흘렸습니다. 선영이에게 처음 보인 그 눈물이 마지막이 될줄은 정말 몰랐습니다.

하지만 언제라도 선영이를 마음속으로 만날 수 있다는 것이 선영이의 말이 귀로는 들리지 않아도 항상 마음속으로 들을 수 있게 되었다는 것이 작은 위로가 됩니다. 보고싶을 때마다 언제라도 변하지 않을 미소로 언제라도 반갑게 맞이해 줄 선영이에게 항상 감사한 마음 뿐입니다.

글을 마치며

선영이는 예전에도 그랬던 것처럼 또한 모두에게 그랬던 것처럼 항상 마음속에 영원히 사랑이란 이름으로 남아 있으며 모두의 연인에서 이제는 천사라는 이름으로 하늘의 연인이 된 선영이를 영원히, 언젠가 다시 만나는 날이 올 때까지 마음속의 연인으로 남겨 두려 합니다.

멀리서라도 가족들과 우리 모두를 지켜보며 살아 있을 선영아. 우리가 함께했던 날들은 짧았지만 남겨진 기억들은 그 무엇보다 남으리. 니는 니에게 어쩌면 영원히 남았을지도 모르던 하늘이 주시고 데려가신 천상의 연인이였으리라.

10. 연극을 너무나 좋아했던 쿨한 친구

변희도(한신대 독어독문과 친구)

얼마 전 날씨 좋은 5월의 만우관에서 수업을 듣고 버스를 타기위해 학교 언덕을 내려가던 중 뒤돌아서 만우관을 봤었습니다. 만우관을 멍하게 쳐다보며 만우관 계단에서 선영이가 내려올 것만 같았습니다. 멀리서 저에게 인사를 하고 다 내려와서 저에게 선영이 특유의 목소리로 저에게 인사를 하는 생각을 했었습니다. 하지만, 아무리 계단을 쳐다봐도 계단에는 선영이를 닮은 사람은 없었습니다. 선영이와 같이 가던 곳과 함께 공유하던 추억은 변한 게 없는데 지금은 너무 많이 변한 듯해서 슬퍼졌었습니다. 그러면서 선영이를 뺀 제 학교생활에 대해 생각해 봤습니다. 생각해 보려고 했지만 선영이가 없었던 학교생활에 대해 딱히 생각나는 것이 없었습니다. 그만큼 저에게 선영이는 큰 자리를 차지하고 있었나 봅니다.

제가 선영이를 처음 본 곳은 대학교 체육관이었습니다.

한신대 독어독문과 친구 김선영, 변희도

오리엔테이션에 가기 위해 모인 아이들은 이미 짝을 지어 삼삼오오 앉아 있었습니다. 아는 아이들도 없고 핸드폰게임도 질려갈 무렵 저는 뒤쪽에 앉아서 제 앞에 앉은 아이들을 봤었습니다. 독문과 팻말 뒤로 앉아 있는 아이들 대부분은 여자애들이었고, 대부분 어색하게나마 꾸미고 온 이이들 중에서 맨 앞에 앉아있던 선영이가 눈에 띄었습니다. 어깨 정도 오는 색이 바랜 머리, 얼핏 보이는 옆모습, 다른 아이들과 달리 멋 부리지 않은 옷차림을 보면서 '저 아이는 다른 아이들과 다르구나.'라고 생각했었습니다.

　선영이는 그 날 제가 만났던 사람들 중에 가장 오랫동안 기억에 남는 첫인상을 가진 아이었습니다. 어떤 계기로 친해졌다고 말하기 모호할 정도로 선영이와 저는 서로 인사한 그 순간 이후로 같이 붙어 있게 되었습니다. 그 다음날 선영이에게 놀란 것이 두 가지 있었습니다. 하나는 선영이는 한 번 자면 깨워도 일어나지 않는다는 것이었습니다. 아무리 깨워도 일어나지 않는 선영이 덕에 저는 선영이가 일어나기 전까지 참 심심했었습니다. 그리고 두 번째는 음악을 듣는 스펙트럼이 저 못지않게 넓었다는 점이었습니다. 평소에 여러 음악을 정말 골고루 듣고 있다고 자부하던 저에게 저 못지않게 여러 장르의 음악을 듣는 선영이는 참 신기하고도 반가운 마음이 들었습니다. 버스에서 선영이와 서로의 엠피쓰리 음악 파일을 비교하며 듣고, 가수에 대해 이야기도 하며 시간 가는 줄 모르게 수다를 떨었었습니다.

오리엔테이션 이후에도 계속 연락을 주고받으면서 더욱 친해졌고, 학교에서는 저와 선영이는 마치 바늘과 실처럼 생각하는 사람들이 많아지게 되었습니다. 선영이랑 밥 먹고, 커피 마시고, 놀러 다니면서 저는 서로에 대해 많이 알게 되었고 많은 사람들은 저희가 매일 붙어다닌다고 생각했지만, 신기한 건 1학년 때는 선영이와 같이 수업 듣는 과목은 한 학기에 하나 정도였다는 것입니다. 서로 살고 있는 지역에 놀러 가기도 하고, 맛있는 것도 많이 먹고 서로에 대해 시시콜콜한 얘기에서부터 마음 속 깊이 숨겨 두었던 이야기까지 얘기하면서 서로를 이해하고 배려하게 되었습니다. 그리고 저는 선영이가 평생 제 친구로 남을 수 있을 거라는 확신을 하였습니다. 선영이한테 말하지는 않았지만, 선영이와 같이 나이 들어 가면서 연락도 자주하고 서로 칭찬과 격려를 아끼지 않고 같이 멋지게 늙어가는 삶을 혼자 상상하며 즐겁고 행복하다고 생각했습니다.

그리고 가끔 성당에 가서 미사를 볼 때, 하느님께 선영이 같은 좋은 친구를 만나게 해 주셔서 감사하다는 기도도 하였습니다. 선영이에게 이런 제 상상을 말 못한 이유는 내가 이랬었다고 이야기하기에는 좀 부끄럽고 간지럽다고 생각했기 때문입니다.

대학교에서의 선영이는 자신의 전공인 독일어와 독일문학을 정말 좋아하는 아이였습니다. 그래서 학교 공부도 굉장히 의욕적으로 하였습니다. 저에게 늘 공부할수록 독일문학이 너무 좋다고 말했었습니다. 그리고 평소에 책을 늘 가까이하는 선영이답게 저에게도 여러 작가들의 작품을 소개시켜 주곤 하였습니다. 자기가 좋아하는 것을 다른 사람들과 공유하고 싶어했던 선영이의 성격 때문인 것 같습니다.

선영이는 수업시간에 자기 앞에 앉은 사람들 때문에 칠판을 잘 못보는 걸 정말 싫어해서 늘 앞자리에 앉았었습니다. 그래서 저도 덩달아 앞자리에 앉아서 열심히 수업을 듣곤 하였습니다. 자신이 좋아하는 일에 대해서 늘 열정적인 모습을 보여 주었던 선영이를 보면서 많이 자극받았었습니다.

하지만, 선영이는 좋아하는 일에는 열정적인 반면에 싫어하는 일에는 정말 무관심했었습니다. 보통 사람들이 싫어해도 억지로라도 하는 반면에 선영이는 싫으면 정말 안 했었습니다. 제 친구들 중에서 좋고 싫음이 가장 분명한 사람이 선영이였고 앞으로 선영이만큼 좋고 싫음이 분명한 사람이 있나 싶을 정도였습니다. 많은 사람들이 선영이의 이런 성격에 대해 소신 있고 멋있다고 생각하며 선영이는 뭔가 특별하고 다른 사람이라고 생각했었습니다. 선영이는 자신의 장점이자 단점이 될 수 있는 점조차도 자신을 빛나게 하는 것으로 만드는 매력이 있는 사람인 것 같습니다.

학교에서 선영이가 열정을 쏟았던 것들 중에서 빼 놓을 수 없는 것은 일 년에 한 번씩 겨울에 하는 연극이었습니다. 처음 오리엔테이션에서 만나 선영이랑 이것저것 이야기하면서 한신대학교에 온 이유는 일 년에 한 번 하는 연극 하러 왔다고 들었습니다. 저는 그때 1년에 한 번 연극하려고 4년 학교 다닐 각오를 하고 온 선영이를 보면서 '정말 연극을 좋아하는구나.' 라고 막연하게 생각하였습니다. 뒤이어 고등학교 때 연극부를 하면서 연극에 대해 열정을 갖게 되었다고 이야기하는 것을 들으며 선영이와 같이 할 연극이 기대되었습니다.

입학 후, 선영이는 연극을 하기 전까지 올해 연극은 무엇을 하는지 궁금해하며 연극에 대한 막대한 사랑을 과시하곤 했습니다. 그리고 제가 질투가 날 만큼 연극부에서 보냈던 시간을 소중하게 생각하고 항상 변함없이 연극에 대한 열정을 갖고 있었습니다. 1학년 때 선영이와 함께 연극에 참여하게 되면서 선영이에게 연극에 대해 많이 배우고 제가 맡은 작은 배역에 대해서도 조언해 주고 같이 대본도 읽으면서 정말 하루하루 즐거워하는 선영이의 모습을 보며 제가 다 행복했었습니다.

2년 동안 휴학을 할 때도 학교 연극에 대한 관심은 사라지는 날이 없었고, 학교로 연극을 보러 올만큼 선영이의 연극사랑은 지극했었습니다. 복학을 한 뒤에 아버지 회사 일과 자취를 병행하면서 체력적으로 정신적으로 많이 힘들어했지만, 학교를 편하게 갔다왔다하면서 연극을 할 수 있다는 사실에 대해 너무 즐거워했었습니다. 선영이는 연극에서 하고 싶었던 조명 일을 하면서 여러 전문적인 서적을 찾아보거나 전문가에게 조언을 듣는 등 조연출을 했던 저 이상으로 열심히 공부하고 연구하였습니다. 그리고 본인보다 연극에 대해 잘 모르는 저를 많이 도와주었고, 배우들의 연기에 대해서도 아낌없는 충고와 배려를 해 주었습니다. "올해는 해 보고 싶었던 조명 했으니까 내년에는 연출이나 조연출을 해 봐야겠어."라고 이야기 하면서 즐거워하는 모습을 볼 때마다 선영이가 연출하는 연극을 꼭 도와줘야겠다라는 생각을 했었습니다.

또한 선영이는 연극을 좋아하는 만큼 먹는 것에서 찾을 수 있는 행복을 좋아하던 친구였습니다. 선영이는 스파게티를 참 좋아했었습니다. 하지만, 대학시절을 같이 보내던 저는 어렸을 때 스파게티를 잘못 먹은 이후 스파게티는 입에도 못 대었습니다. 하지만, 선영이의 스파게티에 대한 무한 사랑은 저를 결국 스파게티를 먹을 수 있게 하였습니다. 다른 사람이 평생 동안 먹을 스파게티 양을 저는 선영이와 다니면서 집중적으로 먹은 것 같습니다. 그냥 밥 먹을 때가 되면 자연스럽게 스파게티 전문점을 갔었고, 선영이는 자연스럽게 까르보나라를 시키곤 하였습니다. 크림소스를 숟가락으로 싹싹 긁어먹는 모습은 세상에서 가장 맛있는 음식을 먹는 사람 표

정 못지않았었습니다. 그래서 요리가 취미인 저에게 크림스
파게티 해 달라고 조르기도 했었습니다.

그리고 스파게티 못지않게 좋아했던 건 커피였습니다. 특
히 아이스 아메리카노에 카라멜 시럽을 넣은 커피를 가장 좋
아했었습니다. 그래서 저는 사계절 내내 아이스 아메리카노
를 먹는 선영이를 늘 봤습니다. 학교에선 항상 선영이 책
상에 콜라 아니면 아이스 아메리카노가 있었던 기억이 납니
다. 쿨한 성격의 소유자라서 그런지 시원한 커피, 탄산음료
를 좋아했나 봅니다.^^

선영이가 아플 때 먹고 싶은 게 참 많다고 했습니다. 제일
먼저 탄산음료가 먹고 싶다고 들었습니다. 그리고 선영이가
좋아하는 음식을 먹을 수 있을 때가 되면 저는 선영이를 위
해 어떤 음식을 해 줄 지 생각하며 요리책을 뒤지곤 했습니
다. 설사 때문에 주스도 못 먹는다고 주스 먹고 싶다고 할 때
제 마음은 참 쓰라렸습니다. 그냥 아프기만 해도 서러운데
먹고 싶은 걸 못 먹다니... 그런 상황이 더 가슴 아팠던 이유
는 아마도 제가 평소에 먹고 싶은 건 꼭 먹어야 하는 성격을
갖고 있어서 그런 것 같습니다. 제가 먹고 싶은 거 못 먹는다
고 징징댈 때 쿨하게 먹고 싶으면 먹으라고 이야기해 주던 선
영이였는데... 너무 갑작스럽고 고통스럽게 아프다 간 선영
이가 너무 안타깝습니다.

선영이에 대해서 글을 쓰는데 갑자기 머리속이 멍해지고
아무 것도 생각이 안 나서 쓰는 데 애를 먹었습니다. 아직도
전화하면 밝은 목소리로 전화 받을 것 같은데 이젠 전화도 할

수 없고 볼 수도 없으니까 마음 한 구석이 허전합니다. 학교에 가기 전부터 서로 만나서 가던 학교를 혼자 가려니까 어색하기도 하고, 원래대로라면 같이 들을 수업을 혼자 듣고 있으니 좀 외롭기도 하고 선영이가 야속할 때도 있었습니다. 하지만, 이제는 인정해야 되나봅니다. 사실 글을 쓰려고만 하면 머리가 멍해지고 아무것도 할 수 없었던 건 제가 선영이가 지금 이 세상에 없다는 걸 인정하기 싫어서였나봅니다.

학교는 그대로이고 선영이와 지나다니던 길, 선영이와 커피 사먹던 카페는 그대로인데 선영이가 없다는 사실에 학교 가기 싫을 때도 있습니다. 하지만, 저의 이런 모습을 선영이는 아마 싫어할 것 같습니다. 힘들어도 이겨내고 선영이가 그랬듯이 쿨하게 사는 걸 하늘에서 선영이는 바라고 있을 것입니다. 그래서 선영이가 열심히 수업 들었듯이 열심히 수업 듣고, 치열하게 살다가 선영이를 만나려고 합니다. 선영아, 자칫하면 빈껍데기만 남았을지도 모르는 대학생활을 빈틈없이 채워준 선영이에게 너무 고마워. 너의 열정저인 삶처럼 나도 열정적으로 살도록 할게. 언제나 생각하고 너무 고마워.

11. 안녕, 프라우 썬!

정찬(한신대 독어독문과 친구)

선영아. 난 너에 대한 모든 것을 믿어. 하지만 네가 우리들 곁에 없다는 건 믿지 않을 거야. 그건 그저 물리적인 속성만을 말하는 거니까. 하지만 여전히 난 너랑 대화하고 있고 여지껏 그래왔던 것처럼 절친으로서 날 지켜봐 주고 지지해 주리라는 걸 알고 있고 네가 우리들 마음속에 계속 함께할 거라는 걸 진심으로 믿고 있어. 그러니 너무 무겁게 너와 나의 얘기를 하진 않을게. 왜냐면 너와 나의 이야기는 그러기엔 너무도 유쾌하고 발랄하고 열정적이었으니까. 헌데 너무 많아서 어떻게 얘기해야할지 잘 모르겠다만, 안 되는 글빨 동원해서 얘기해 볼게.

하나하나 생각해 보면 그런 이야기가 불과 5년 사이에 일어났다는 게 너무도 신기해. 선영아, 내가 평상시에 네게 고맙다는 인사 많이 하잖아. 근데 오늘 너랑 나랑 이야기하기 전에 새삼스럽지만 한 번 더 해야겠다.

선영아, 진심으로 나와 함께 해줘서 정말 고맙다!

우리, 다음에 또 보자! 님아 빠이염~~! (선영이와 내가 헤어질 때 자주 쓰던 인사말이다. 아직도 귓가를 맴돈다.)

"같이 보실래요?"

"친구란 자아를 반영하는 또 다른 거울이다."라는 말을 난 선영이를 통해 확인했다. 난 평상시 사람을 가려 사귀는 유형이었다. 대학교 1학년 파릇파릇한 새내기 시절의 시작은 같은 학과도 아니고 동성친구도 이닌, 타학과이자 이성친구인 선영이와 함께 하게 되었다. 선영이를 처음 만난 것은 다소 지루했던 교양수업인 '경영과 사회'에서였다.

3주차 정도 되었을 때였다. 자유좌석제였기에 공부에 집중하도록 난 항상 앞자리에 앉았는데, 그때 옆에 앉던 선영이와 우연히 말을 주고받게 되었디. 내가 교재를 깜빡하고 못 가져와서 공책만 펴 놓고 필기하고 있던 걸 보던 선영이가 "같이 보실래요?"하고 제안하면서 선영이와의 인연은 시작되었다. 그저 착한 친구구나 정도로만 생각했던 선영이. 그땐 정말 몰랐다. 교양수업에서 우연히 만난 동갑의 여자애가 내게 많은 변화를 가져다 주고 날 묵묵히 지켜봐 주던 베프가 될 줄은.

머리보다 가슴으로 느끼던 아이

하나씩 말을 주고받으면서 우린 공통점을 하나둘씩 발견해갔다. 가장 우선적으로는 사회를 보는 관점과 정치적 의식(지향점)이 같았다는 점에서 너무 쉽게 말이 잘 통했다. 더욱이 내가 우리가 초면인데도 더 활발히 말을 쉽게 틀 수 있었던 이유는 선영이가 독문학과인데도 불구하고 사회이슈에 대해 일반인 이상으로 관심이 있었고 어느 정도 알고 있었다는데에 있다. 내 경우는 학과가 국제관계학부이고 당시 굵직한 사회이슈들이 더러 있었고 나의 초미의 관심사였기에 어느정도 얘기가 가능한(!) 사람들하고는 그런 대화를 하고 싶었기 때문이다.

더욱이 사회문제의식도 투철하고 어느 정도 알고 있기까지 하니 나로선 그런 사람을 벌써 만났다는 느낌에 매우 반가울 수밖에 없었다. 시간이 흐르면서 선영이의 이런 문제의식은 실제 행동으로까지 이어지는 이른바 행동파의 모습을 보였다. 굳이 말하자면 난 학문파였기에 선영이처럼 적극적인 행동으로 이어지기까지는 상당히 시간이 걸렸다. 하지만 그런 나의 성향도 확 바꿔버린게 바로 선영이다.

선영이는 항상 이슈가 생기는 사건이 있으면 우선 나에게 묻고 말하고 함께 행동하자고 제안하였다. 용산참사, 미국산 소고기 반대 촛불시위, 미군기지 이전반대 등 이외에도 나와 함께 간 것만도 그 횟수가 엄청나다. 오히려 선영이는 나보다 더 진정성이 있었다. 피해당한 사람들을 함께 아파할 줄

한신대 독어독문과 친구 김선영, 정찬

알았다. 그렇다고 눈물을 흘리거나 울지는 않았지만, 그 사
람들이 당하는 시련에 대해 마음속으로 아파하고 끓는 분노
를 함께 느꼈다. 머리로가 아니라 가슴으로 느끼는 유형이랄
까? 난 그런 선영이에게서 상처를 공감하고 함께 이겨내려는
마음을 배웠다. 지금의 난 조금씩 가슴으로 느끼고 있다. 선
영이라는 훌륭한 롤모델이 옆에 있었기에. 막연하지도 않다.

요새 반값등록금 집회가 연일 계속되고 있다. 나도 열심
히 참가하고 있다. 하지만 난 확신한다. 선영이도 함께 했으
리라는 것을. 함께 구호를 외치고 있었을 테다!

의리 있는 친구

선영이는 지칠 줄 몰랐다. 선영이는 자주 지친다. 이 두 가지 말 모두 선영이에게 해당한다. 하지만 앞에 말은 나를 비롯한 선영이 친구들이라면 알 수 있는 말이다. 하지만 그러면서도 본인의 일에 대해선 매우 지쳐했다. 그래서 늘 '탈일상'이라는 말을 입에 달고 지냈다.

선영이는 특히 자신의 친구들일이라면 더 생각해 볼 겨를 없이 나서는 엄청난 행동력을 보여 줬다. 나는 다소 정적인 유형이었다면, 선영이는 그와 반대인 엄청난 동적인 유형이었다. 고등학교 한문 시간 때 배운 '靜中動(정중동—겉으론 고요하나 실제론 동적이다)'이라는 말이 어울리는 친구였다. 적극적이었고 자신을 희생할 줄도 알았다.

나와는 아는 사이가 아니지만, 천안함 사태로 이름을 몇 차례 들어본 용상이라는 친구의 자리를 끝까지 지키기 위해 학업과 아버지 회사일로 바쁠 학기 중에도 거침없이 그 먼 평택 쪽으로 내려갔다. 난 그런 선영이를 보고 상당히 신선한 (!) 충격을 받았다. 저게 바로 말로만 듣던 '의리'라는 거구나 라는 것을.

지금 돌이켜 보건데 난 선영이에게서 너무나도 많은 가치들을 배웠다. 내가 좋아하는 책에서도 배울 수 없는 그 따뜻한 마음을.

자신의 친구들에게 어떤 일이 생기면 어디라도 곧장 달려가는 선영이의 모습은 지금도 매번 내 친구에게 무슨 일이 생길 때 나도 나서서 할 수 있는 동력이 되어준다. 그래서 선영이가 의식이 회복되지 못하고 A형 혈소판이 다량 필요할 때, 내 많지 않은 인맥을 총동원하고 학교 학보사와 행정실 등에 적극적으로 연락하여 구하고자 노력했다. 그 이전에 이와 비슷한 일이 있지도 않았지만, 이제 선영이에게 베풀어 줄 때가 왔다는 것을 느끼고 혈소판이 필요하다는 연락을 받은 당일부터 열심히 구하려 다녔다.

선영이는 진짜 의리를 보여준 친구이자 멘토다.

아픈 사람은 아픈 사람을 알아본다

선영이를 처음 봤던 쾌활한 이미지와는 달리, 선영이는 성장과정에서 겪은 내면의 상처들을 갖고 있었다. 으레 사춘기 소녀들이 겪을 방황과는 뭔가 다른 느낌이랄까? 그래서일까? 신영이는 늘 가벼운 멘트를 사용하는 것 같으면서도 그 속엔 깊은 성찰이 담겨져 있었다. 난 성격상 유머보단 다소 진지한 취향을 갖고 있다. 또 항상 이래저래 고민이 많고 깊이 생각하려고 하는 스타일이다. 그래서인지 몰라도 선영이와 대화를 하면 '대화'가 되었다.

처음엔 그저 비슷한 정치의식을 갖고 있는 친구로 알았지만, 그걸 뛰어넘어서 마음이 편해지는 상태를 느낄 수 있었다.

난 어렵게 나의 고민들과 감추었던 비밀들을 하나 둘 씩

털어 놓았다. 지금도 선영이에게만 말한 둘만의 비밀들이 엄청 많다. 선영이도 지켰으니, 나도 끝까지 지킬 것이다. 보통 사람들이 날 더러 '비밀이 많은 사람', '신비주의'라고 부를 정도로 난 나를 드러내는 것을 좋아하지 않았다. 하지만 유독 선영이 앞에선 내가 평상시 가졌던 일종의 경계심이 풀어졌고 내가 마음이 아파 절망하고 있을 때도 내 모든 말들을 들어주었고 캐묻지도 않았다.

정말 그랬다. 선영이는 그 사람의 있는 그대로를 받아 주었다. 같은 동성 친구들에게서도 느끼기 힘든 그 동질감은 어디서 비롯된 것일까?

그 이유는 선영이도 (마음이)아팠던 사람이었기에 나의 고민과 아픔을 공감해줄 수 있었기 때문이라고 생각한다. 한번은 이런 적이 있었다. 집안 문제로 상당히 스트레스가 많았던 2008년 겨울 어느 날이었다. 혼자 집밖에서 서성이다가 너무 답답하여 누군가에게 털어 놓고 싶던 때였지만, 털어 놓으면 내가 쌓아온 이미지가 무너질 것 같아 무서웠고 또 자랑할 만한 일도 아니어서 부끄러워 고민이 많았던 때였다.

마침 선영이에게 연락이 왔다. 뭘 하고 있냐고. 그냥 집밖을 서성이고 있다고 했더니 내 목소리를 듣고 혼자 가만히 생각하자마자 바로 만나러 오겠다고 했다. 그땐 그저 내 고민을 털어놓는 거에 바빠 왜 그랬을까 하는 생각도 하지 못했다. 선영이는 내 얘기를 들어 주려고 왔던 것이다. 굳이 본인에게 묻지 않아도 알 수 있었다. 선영이는 자신이 잘 아는 칵테일바가 있다고 소개시켜 주며 그날 막차시간 때까지 내 고민을 모두 풀어 놓았다. 선영이는 그저 내 말들을 들어 주고 수긍해 주었고 그리고 이해해 주었다. 난 그렇게 생각한다. 선영이의 가장 큰 매력이 바로 '이해'였다는 것을. 그날도 생전 가 보지도 못한 칵테일 바에 가서 분위기를 잡고 "여기가 너 이야기 하는 데에 도움이 될 거야!"라고 말하면서 내 기분을 편하게 해 주었다.

선영이는 자신의 경험도 하나씩 꼭 얘기해 주었다. 만일 다른 사람이었다면, "네가 겪은 건 아무것도 아니다." 혹은 "그까짓 일은 다른 사람도 으레 겪는 일이란다."라는 식의 의도가 깔린 얘기를 했겠지만, 선영이는 되레 "네가 진짜 많이 고생했네. 어떻게 그걸 견디었데?"라는 말로 위로를 해 주고 같이 아파해 주었다.

나 또한 그렇지만, 사람들 대부분 자기 얘기 하느라 바쁘다. 남이 얘기하면 잘 듣지도 않고 끊어버리고 또 자신의 얘기를 한다. 하지만 그러면서 점점 진짜 내가 하고 싶은 얘기는 들어줄 사람이 없다는 그런 외로움에 빠져 들게 된다. 이게 현대인의 고독함일 테지만. 선영이는 날 외롭지 않게 했다. 마치 소설책 '모모'가 생각난다. 그런 의미에서 선영이는 나의 '모모'였다.

나도 그런 선영이와 '대화'를 해 가며 그런 태도를 하나씩 배워 갔다. 시간이 흐르면서 선영이도 차차 내게 고민과 매우 힘들었던 자신의 '과거'를 말해가며 우린 더 돈독해졌다. 선영이와 함께 한 시간을 100이라 잡으면 그중 서로의 고민을 털어가며 지냈던 시간이 50이나 될 정도다. 그래서 결국

이젠 서로에 대한 '유쾌한 비밀'이 많아진 친구가 되었다.

꾸밈이 없는 친구

엄밀히 따지면 나와 선영이는 이성 친구다. 사귀는 의미
의 이성 친구가 아니지만, 이성 친구는 동성 친구보다 남녀
이기 때문에 서로 조심하고 공유하는 영역에 있어서 상당 부
분 제한이 따른다. 나도 선영이 이외의 이성 친구가 상당히
많다. 하지만 선영이는 정말 예외(!)였다. 선영이는 이성 친
구, 동성 친구를 구분하는 것을 뛰어넘어 너무 소중했던 '친
구'였다.

재밌게도 선영이는 본인이 여자이면서 여자인 것을 싫어
하였다. 수원역 앞에 햄버거 집에서 이야기했던 때가 머릿속
을 스친다. 이유인즉슨 여자아이들은 너무 겉과 속이 다르다
는 것이고 너무 겉치장에 신경을 쓴다는 것이었다. 말은 그
렇게 했지만, 실제 이유는 너무 자신을 포장하려고 하는 행
동이 싫다는 의미였다. 그래서인지 몰라도 선영이는 무언가
감추는 것을 굉장히 싫어하는 성격이었다. 그래서 꾸밈이 없
었다. 보통 선영이의 성격을 말할 때 쿨하다고 한다. 하지만
난 이게 원래 선영이 천성이라기보다는 그렇게 하고자 본인
이 만든 노력의 산물이라고 생각한다. 이런 꾸밈없는 성격에
사람들이 매료되는 듯하다.

새로운 경험을 만들어 준 친구

선영이는 날 항상 새로운 경험으로 이끄는 일종의 인도자였다. 난 선영이와 함께 한 시간이 진지한 고민을 나눈 시간도 있었지만, 매번 새로운 이색경험(?)을 하게 되어 선영이와 함께 만나는 기일이 항상 기대되었다. 특히 난 어려운 가정형편에 보통 친구들이 한 번씩 경험해 봤을 법한 경험도 못한 게 많았는데, 나의 이 공백 부분을 선영이가 채워 주었다. 그 경험들이 너무 많아서 여기에 다 소개하기 힘들 정도이다.

2009년 겨울방학 때, 일산 아이맥스에서 최초의 3D영화인 아바타도 선영이와 둘이서 함께 보았다. 아바타 내용 자체도 재밌었고 3D안경을 끼고 영화를 보는 것 자체가 매우 신기했지만, 그것보다도 그런 기회를 제공해 주고 날 과감히 이끌어주었던 선영이가 정말 고마웠다. 난 은평구에서 10년 넘게 살고 있지만, 일산은 몇 년에 한 번 갈까 말까한 곳이었다. 선영이 덕에 이젠 일산도 내겐 매우 친근한 동네가 되었다.

선영이와 학교 캠퍼스뿐만 아니라 이곳저곳 방방곡곡을 다녀왔기 때문에 현재 다른 사람들과 그곳을 지날 때면 묘한 느낌을 받는다. 선영이와 함께 할 당시는 모든 게 처음이어서 낯설고 신기했지만 지금은 이제 그 장소와 그 느낌들이 익숙하다.

선영아. 이걸로 우리들의 지난 5년을 얘기하는데 턱없이 부족한 걸 알지만, 너와 함께 한 일들은 앞으로도 계속해서 기억될 거야. 지금도 마치 너랑 연락을 주고받는 느낌이 들고 이번 여름이 되면 너랑 시원한 음료수를 마시며 노닥거릴 수 있을 그런 친근한 느낌이 들어. 왜냐면 넌 우리들의 마음속에 영원히 함께하니까. 잠깐... 부재중이니까! 그치?

마무리는 우리들의 제2외국어인 독일어로!^^

구텐 나흐트~! 프라우쎈!